WILLIAMSON · DIE WELTRAUMFALLE

JACK WILLIAMSON

Die Weltraumfalle

BOJE-VERLAG STUTTGART

Aus dem Amerikanischen übertragen von Kurt Krauer
Titel der Originalausgabe: TRAPPED IN SPACE
Erschienen bei Doubleday & Company, Inc., New York

80 3 4 5 6

Gesamtherstellung: Ebner Ulm
Umschlag: Klaus Bürgle
Printed in Germany · ISBN 3 414 16590 2

Raumfahrer verschollen!

Jeff Stone spielte auf dem linken Feld. Er schaute in die Luft. „Drei . . . zwei . . . eins . . . ."

Er beendete seinen stummen Countdown und betrachtete den strahlenden Himmel über dem Baseballplatz. Zuerst sah er nur eine schneeweiße Wolke, danach eine Düsenmaschine, die zur Landung ansetzte. Die Rakete, die zum Mond starten sollte, war längst fällig. Und da war sie! In der Ferne sah er glänzendes Metall aufleuchten. Sie stieg schnell auf, eine lange schräge Wolke hinter sich herziehend. Jeff stieß die Luft durch die Zähne. Wie ein Junge, der vor einem Geschäft mit Süßigkeiten steht und kein Geld hat, so stand Jeff da und träumte vom Weltraum, den Raumschiffen und von seinem Bruder Ben. Ben war älter als Jeff, schon zwanzig und Raumschiffpilot. Vor sechs Wochen hatte er mit seinem winzigen Vier-Mann-Schiff den Mond verlassen, um die Planeten eines neuen Sterns zu finden. Jeff war zwei Jahre jünger, aber nun hatte auch er die letzte Klasse für das Pilotentraining an der Raumfahrtschule abgeschlossen. Jetzt war er Astronaut. Zur Zeit hatte er zehn Tage Urlaub und wartete auf ein Kommando – wartete auf seine Chance, mit Ben gleichzuziehen.

Eigentlich hatte er immer nur gewartet. Ben war ihm stets voraus gewesen, nicht nur an Jahren. Ben sah gut aus, er hatte strahlend blaue Augen, einen widerspenstigen Haarschopf und ein gewinnendes Lächeln. Jeff war mager, manchmal ein bißchen unbeholfen, er wirkte immer etwas angestrengt. Er mußte für seine Noten kämpfen, Ben wurde mühelos Klassenbester. Jeff hatte es lediglich zum Mitglied in der Baseball- und Basketballmannschaft gebracht. Ben dagegen war ein Leichtathletikstar.

Draußen im Weltraum, dachte Jeff, könnte vielleicht alles ganz anders werden.

Rrrums!

Der harte Schlag eines Balles gegen einen Baseballschläger brachte ihn in die Wirklichkeit zurück. Er sah zuerst den Spieler auf sich zustürmen, dann den Ball in der Luft. Er blickte einmal kurz auf den Ball und schoß dann auf den Fleck zu, an dem er herunterkommen würde.

„Paß auf den Ball auf!" zischte ein Spieler neben ihm.

Aber Jeff brauchte ihn nicht zu beobachten. Ein fliegender Ball verhält sich nicht anders als ein Raumschiff im Weltraum. Das hatte er beim Pilotentraining gelernt. Ein Pilot muß ein Gefühl für Masse, Kraft und Bewegung haben. Er stand bereits unter dem Ball und streckte den Arm hoch.

„Achtung, Jeff!"

Der Ball klatschte in seinen Handschuh.

Der Nebenmann von vorher grinste ihn an, als sie das Spielfeld verließen. „Toll, Jeff! Du schaffst das, als wäre es ein Kinderspiel." Jeff sagte nicht, daß für ihn das Fangen des Balls etwas ähnliches war wie das Steuern eines Raumschiffes beim Anflug auf einen Planeten. Die Leute hier waren alte Freunde aus der Zeit, bevor er die Raumfahrtschule besuchte. Sie hatten das Spiel ihm zu Ehren organisiert. Da wollte er nicht angeben – jedenfalls nicht allzusehr. „Das ist bloß so ein alter Trick, den ich von Ben gelernt habe", sagte er nur.

Dann sah er seine Mutter auf sich zukommen und rannte ihr entgegen. Ihr Gesicht war ganz grau und ihre Hände zitterten.

„Schlechte Nachrichten, Jeff!" Ihre Stimme war nur ein heiseres Flüstern. „Bens Raumkapsel ist verschollen."

Jeff fühlte sich genauso elend wie seine Mutter. Er brachte sie nach Hause und sie gab ihm das Tonband, das die Mondfähre mitgebracht hatte.

„Es kommt vom Admiral", sagte sie. „Von Admiral Serov persönlich."

„Das sieht ihm ähnlich", sagte Jeff. „Er ist befördert worden, weil sein Posten so wichtig ist, aber er versucht immer noch, sich um alles zu kümmern. Er sorgt sich um jeden Mann und jedes Projekt."

Endlich gelang es Jeff, mit tauben Fingern das Band aufzulegen und den Apparat einzuschalten.

„An die Eltern des Raumfahrers Ben Stone . . ."

Die Stimme des Admirals klang ernst und Jeff spürte das Bedauern darin. „Es tut mir leid, Sie davon unterrichten zu müssen, daß Ihr Sohn im Weltraum als vermißt gemeldet ist. Er war der Pilot des A-Fluges, der den Mond vor sechs Wochen verlassen hat, um die Planeten des neuentdeckten Sterns Topas zu erkunden. Sein Flug ist nun schon seit zwei Wochen überfällig, und wir haben keine Nachricht mehr von ihm. Die Weltraumbehörde dankt dem Astronauten Ben Stone für alles, was er getan hat, und dankt seiner Familie für ihr großes Opfer." Seine Mutter stellte das Tonbandgerät ab.

„Ich weiß nicht, was mit meinen zwei Jungen los ist", seufzte sie. „Ihr habt alle beide immer wieder versucht, euch mit Gewalt das Genick zu brechen, und jetzt . . ."

Die Stimme versagte ihr und sie begann leise zu schluchzen.

Jeff wartete, bis seine Mutter zu weinen aufhörte. Dann versuchte er ihr alles zu erklären, so wie Ben es vor ihm versucht hatte.

„Aber diese Weltraumflüge sind wichtig. Wir müssen mehr über unsere Welt wissen. Piloten wie Ben müssen ihre Chancen nützen."

Seine Mutter preßte die Lippen zusammen. Er wußte, er würde nichts erreichen.

„Natürlich sind diese Flüge gefährlich", fuhr er fort. „Ben wußte das. Jeder Flug ist ein Risiko. Die Sterne sind so weit entfernt, daß wir ihre Planeten nicht sehen können – falls sie überhaupt Planeten haben. Wir wissen vorher nie, was wir vorfinden werden."

Das müde Nicken seiner Mutter bedeutete wenig.

„Ein Drittel unserer Sternfahrer kehrt nicht zurück", sagte er. „Ben wußte das, aber er ging trotzdem."

„Warum", sie schluckte, „warum ist Ben gegangen?"

„Weil er Pilot ist", antwortete Jeff. „Wir haben darüber gesprochen, als er zu Hause war. Wenn ein Raumschiff verlorengeht, muß ein anderes als Ersatz dienen."

Er ereiferte sich so, daß er seine Sorgen beinahe vergaß.

„Darum fliegen wir zu den Sternen, Mom. Es stimmt schon, einige kommen nicht zurück, aber die, die Glück haben, öffnen uns den Weg zu neuen Planeten – zu neuen Welten für Millionen Menschen. Darum mußte Ben es versuchen."

„Kann man denn kein Rettungsschiff hinterherschicken?"

Aber natürlich! Ein Rettungsschiff! Jeff wußte allerdings, daß das nicht immer möglich war, aber man mußte es versuchen. „Ich werde die Mondbasis anrufen, Mom. Vielleicht kann man wirklich ein Rettungsschiff schicken."

Jeff ging zum Fernsehtelefon. Er mußte warten, bis ein Kanal zum Mond frei war. Er hatte ein wenig Angst vor einer negativen Antwort. Rettungsschiffe wurden nur selten ausgesandt, aber Ben war schließlich sein Bruder. Vielleicht konnte Jeff selbst als Pilot an einem solchen Flug teilnehmen ... Ein blaugrünes Signal zeigte ihm, daß der Richtstrahl vom Mond ankam.

Weltraum-Admiral Serov erschien auf dem Bildschirm. Er war früher auch Pilot gewesen, aber dann hatte er bei einem Raumflug-Unfall einen Arm verloren. Selbst mit dem Laserstrahl dauerte es mehr als eine Sekunde, bis Jeffs Stimme den Mond erreichte. Die Antwort ließ genauso lange auf sich warten. Jeff war ziemlich aufgeregt.

„Sir, hier spricht Raumpilot Jeff Stone. Ich erbitte die Erlaubnis, einen Rettungseinsatz für die A-Mannschaft zu fliegen, für die Männer, die auf dem Topasflug verschollen sind."

Wieder hieß es warten; Jeff hörte seine Mutter schreien: „Nein, Jeff!"

Dann kam die Stimme des Admirals vom Mond: „Abgelehnt."

„Sir!" Jeff holte tief Luft. „Raumfahrer Ben Stone ist mein Bruder."

Der Gesichtsausdruck und die Stimme des Admirals wurden persönlicher. „Es tut mir leid, Stone. Sie und Ihre Eltern haben mein tiefes Mitgefühl, aber Sie kennen selbst die Gründe, warum wir keinen Rettungsversuch wagen können.“

Der Admiral schwieg, so als hielte er die Unterredung für beendet, doch dann fuhr er fort. Jeff wußte, was er sagen würde. „Einer der Gründe ist politischer Natur. Früher haben wir Rettungsmannschaften ausgeschickt, aber es hat sich herausgestellt, daß das Risiko zu groß ist. Wir haben weder Raumschiffe noch Astronauten im Überfluß.“

„Admiral . . .“

Der Admiral wartete erst gar nicht auf Jeffs Einwand. „Es gibt noch einen anderen Grund: wir haben kein startklares Raumschiff. Ihr Bruder ist mit der letzten verfügbaren SP-9 geflogen. Die neue SP-12 kann nicht rechtzeitig für einen Rettungsflug bereitgestellt werden.“

Aber Jeff gab die Hoffnung nicht auf. „Sir, wir haben doch ein Schiff!“ Er sprach sehr laut in seiner Aufregung. „Das alte SP-7-Trainingsschiff; ich habe es auf der Raumfahrtschule selbst geflogen, um meine Flugstunden zusammenzukriegen. Es ist für Raumflüge gebaut. Bitte, lassen Sie mich damit zum Topas fliegen.“

Der Admiral runzelte die Stirn und schüttelte den Kopf. „Das Schiff ist überaltert“, sagte er. „Es hat nicht genug Energie und Kontrollgeräte für einen X-Raumflug. Zwar könnten Sie den Topas erreichen, aber das Schiff würde Sie mit Sicherheit nicht mehr zurückbringen. Abgelehnt.“

„Sir . . .“ Aber seine Hoffnung war verschwunden.

„Es tut mir aufrichtig leid, Stone“, sagte der Admiral. „Sagen Sie das bitte auch Ihren Eltern.“

Dann wurde der Bildschirm dunkel.

„Ich wollte auch nicht, daß du gehst", sagte seine Mutter. Sie war ganz weiß im Gesicht. „Ich möchte das auf gar keinen Fall."

„Ich weiß, Mom", sagte Jeff leise. „Aber irgendwann muß ich ja einmal fliegen, und kannst du dir eine bessere Gelegenheit vorstellen?"

Frau Stone legte ihren Arm um seine Schultern. Jeff spürte, wie ihr schmaler Körper zitterte, und er begriff, daß sie ihn nie verstehen würde. Eigentlich tat sie ihm mehr leid als sein Bruder Ben.

Als Jeffs Vater etwas später nach Hause kam, spielten sie noch einmal das Tonband vom Mond ab. Der große dreidimensionale Bildschirm an der Wand des Wohnzimmers zeigte einen Film über Ben und seine Leute. Es war eine Aufzeichnung vom Mond, die kurz vor dem Abflug gemacht worden war. Alle hatten ihre silbernen Uniformen an mit den gekreuzten Silbernadeln über dem Herzen. Sie lachten und winkten, bevor sie das schlanke glänzende Raumschiff bestiegen. Jeff kannte sie alle. Sie waren Bens Schulfreunde – und auch seine Freunde: Jim Ozaki hatte ihm das Boxen beigebracht, mit Tony Mescalero hatte er Karten gespielt, Whiz Miller hatte mit ihm auf dem Baseballfeld trainiert und ihm beim Aufbau eines Teams geholfen.

Im Film sah man, wie Ben noch einmal winkte, bevor er die Einstiegsluke schloß. Das Raumschiff war startklar.

Jetzt erschien das Gesicht eines Nachrichtensprechers auf dem Bildschirm. „Das waren die letzten Bilder von den Astronauten", sagte er. „Vom Mond aus sind sie zu der eine Million Kilometer entfernten X-Raumstation geflogen. Von dort aus sind sie dann in den X-Raum-Flug übergewechselt, bei dem die Lichtgeschwindigkeit überschritten wird. Ihr Ziel war der Topas – ein Stern, der so weit von der Erde entfernt ist, daß sein Licht eintausend Jahre braucht, um uns zu erreichen."

Der Sprecher machte eine Pause; er wirkte sehr ernst, als er weitersprach: „Sie haben freiwillig ihr Leben eingesetzt, um die Planeten des Topas für uns zu gewinnen – falls der Topas überhaupt Planeten hat. Sie haben hoch gespielt und verloren. Eine Rettung ist ausgeschlossen."

Jeff war froh, daß der Nachrichtensprecher fertig war. Seine Mutter weinte wieder. Er ließ seine Eltern im Wohnzimmer allein und ging in sein Zimmer – in den Raum, den er früher mit Ben geteilt hatte. Da stand Bens Bett, und da war auch der hohe Glasschrank, den ihr Vater gebaut hatte, um Bens Preise darin aufzubewahren. Die Bänder und Pokale, die er beim Schwimmen, beim Tennis oder beim Golf gewonnen hatte, und der silberne Schlüssel, den er für die gute Abschlußprüfung bekommen hatte.

Jeff blieb lange an der Tür stehen und betrachtete diese Ehrungen. Er erinnerte sich an die vielen bitteren Augenblicke, wenn Ben ihn im Wettbewerb geschlagen hatte. Manchmal hatte er Ben gehaßt, weil er in allem so gut war – und weil er trotzdem so bescheiden blieb, so als ob diese Siege völlig belanglos wären. Jetzt schämte er sich dieser Gedanken.

„Jeff!" Sein Vater rief ihn. „Im Fernsehen bringen sie neue Nachrichten über Ben!"

„... Captain Marc Bon", sagte gerade ein Sprecher. „Captain Bon befehligt ‚Sonnenbasis', die Raumstation, von der aus Ben Stone seinen X-Raum-Flug zum Topas begonnen hat. Captain Bon hat eine Nachricht von dem Astronauten Stone."

Captain Bon erschien auf dem Bildschirm. Er trug die gekreuzten Silbernadeln, die ihn als Sternpilot auswiesen.

„Haben Sie einen Funkspruch bekommen?" fragte der Reporter.

„Ach wo, es gibt keinen Funkverkehr zwischen den Sternen", sagte Captain Bon ungehalten. „Wenn es welchen gäbe, dann brauchte ein Signal von dem Stern, den wir Topas nennen, 1000 Jahre, um uns zu erreichen."

„Aber Sie haben eine Nachricht erhalten?"

„Ja", sagte der Captain, „in einer Raumkapsel, die durch den X-Raum zurückkehrte. Die Kapsel war schon teilweise geschmolzen, und auch die Nachricht ist beschädigt; wir können nur noch ein paar Worte entziffern."

„Und wie lauten die, Captain?"

„Seltsame Lebewesen angetroffen . . ." Captain Bon las langsam aus dem Blatt Papier vor, das er in seiner großen sonnenverbrannten Hand hielt. „Überraschungsangriff . . . Dinge für friedlich gehalten . . . nennen sie Felsspringer . . . Station zur Zeit unter Laserbeschuß . . ."

Captain Bon legte das Papier zur Seite. „Das ist alles, was wir entziffern können. Der Rest ist verkohlt."

„Was ist ein Felsspringer?" fragte der Reporter.

„Das wissen wir nicht", antwortete der Captain.

„Und was bedeutet das? Was gedenkt die Raumbehörde zu tun?"

„Ich weiß nicht, was sie tun kann." Der Captain blickte finster. „Falls die X-Raum-Station zerstört ist, heißt das, der Astronaut Stone kann den Topas nicht verlassen. Wir haben kein Fahrzeug, mit dem man dorthin gelangen kann. Jedenfalls nicht, bevor die neue SP-12 fertig ist."

„Jeff!" Diesmal rief ihn seine Mutter. „Komm her, du wirst von der Mondstation verlangt!"

Auf dem Tele-Bildschirm erschien Admiral Serov.

„Raumfahrer Stone", sagte der Admiral, „haben Sie von den Nachrichten Ihres Bruders gehört?"

Jeff bejahte.

Der Admiral fuhr fort: „Sein Bericht hat unsere Entscheidung bezüglich der Rettungsflüge geändert. Wir müssen befürchten, daß die seltsamen Lebewesen, von denen Ihr Bruder berichtet, durch den X-Raum vorstoßen und die Erde bedrohen. Deshalb greifen wir Ihren Vorschlag auf, das alte SP-7-Trainingsfahrzeug für den Flug zum Topas zu benützen. Wir haben die Besatzung bereits ausgewählt. Sie sind mit dabei."

Jeff konnte noch nicht ganz begreifen, was er da hörte.

„Das ist ein Befehl, Raumfahrer Stone", fuhr der Admiral fort. „Sie werden die nächste Fähre zum Mond nehmen und sofort einen Lagebericht an unsere Basis geben."

Ein seltsames Geschöpf

Jeffs Eltern begleiteten ihren Sohn zur Mondfähre. Sein Vater sprach aufgeregt und stellte pausenlos Fragen über den Sternenflug. Jeffs Mutter schwieg bedrückt.

Ein kreischendes Geräusch durchbrach die Stille des Sommertages.

„Luftalarm", erklärte Jeff seinen Eltern. „Bloß ein Probealarm."

Das Lufttaxi, in dem sie saßen, setzte zur Landung an. Jeff und seine Eltern rannten zu einem Unterstand, in dem schon eine Menge Leute waren. Luftalarm wurde häufig gegeben. Als Jeff noch in der Ausbildung war, hatte er sogar selbst einmal einen überwacht. Der Grund für die Häufigkeit der Alarmübungen war die Tatsache, daß die Zugänge zu den X-Raumstationen die von den Astronauten im Raum angelegt wurden, zugleich als Lande- und Abfahrtsrampen dienten.

Zur Entdeckung neuer Welten wurden hier ständig Flüge abgefertigt. Größere Schiffe folgten ihnen, um den Weltraumhandel in Gang zu bringen. Aber man lief auch ständig Gefahr, daß unbekannte Eindringlinge aus fremden Welten versuchen könnten, in umgekehrter Richtung in die Raumstation einzudringen.

Obwohl so viele Leute in dem Unterstand waren, herrschte eine unheimliche Stille. Dann kam endlich das Entwarnungssignal. Jeff und seine Eltern eilten zurück zum Taxi, um zur Mondstation zu gelangen. Die Fähre sollte in knapp 20 Minunten starten. Jeff drückte seinem Vater die Hand und gab seiner Mutter noch rasch einen Kuß.

„Jeff, wir sind beide stolz auf dich – stolz, weil du den Flug wagst", sagte seine Mutter.

Als das Taxi mit seinen Eltern an Bord auf seinem Luftkissen davongeglitten war, atmete Jeff auf. Endlich hatte er eine Aufgabe.

Er lief zum Flugsteig.

„Hallo, Astronaut! Was soll ich mit diesem Ding machen?" Jeff sah sich nach demjenigen um, dem die heisere Stimme gehörte. Ein anderes Lufttaxi glitt heran und der

Flieger schwang sich heraus, als ob er durch die Luft laufen wollte. „Hallo, Astronaut!“ rief er mit belegter Stimme. „Können Sie mir nicht helfen?“

Jeff ging zurück und starrte den Fahrgast im Taxi an. Er sah halb aus wie ein unterernährtes Kind und halb wie eine aufgeblasene Spinne.

Er hatte einen runden schwarzen Bauch, dünne, schwarze, haarige Gliedmaßen, und er summte wie ein seltsames elektrisches Spielzeug.

Der Taxi-Flieger stolperte auf Jeff zu: „Solch einen Fluggast habe ich allerdings nicht erwartet, als man mich zum Raumfahrtstützpunkt bestellt hat. Ich hätte das Ding ja gar nicht mitgenommen, aber ein Polizist hat es mir einfach ins Taxi gesetzt und gesagt, irgend jemand werde es hier abholen.“

„Ich kann Ihnen da nicht helfen“, sagte Jeff. „Ich bin selbst schon spät dran. Vielleicht finde ich jemand in der Fähre, der weiß, was das alles bedeutet.“

Aber irgendwie tat ihm das Ding im Taxi leid. Es lag so seltsam auf dem Sitz, als wäre die Anziehungskraft der Erde zu stark für seinen Körper. Es hatte riesige Augen und als Jeff gerade gehen wollte, summte es ihn hilflos an. Er wußte, daß es ein Raumbewohner war, ein Lebewesen, das nicht zur Erde gehörte. Es mußte von einem der neuen Planeten stammen. Die Männer brachten von ihren Raumflügen oft fremde Lebewesen mit. Diese Fremdlinge waren wissenschaftlich hochinteressant und beinahe alle waren freundlich und hilfsbereit. Jeff dachte an jene „seltsamen Lebewesen“, die Ben angegriffen hatten. Aber dieses Wesen hier sah nicht so aus, als wollte es jemandem etwas tun.

Der Taxi-Flieger zerrte es unsanft vom Sitz und versuchte es hinzustellen. Aber seine dünnen Gliedmaßen hielten es nicht und so fiel es, immer noch summend, aufs Pflaster.

„Ich will mein Geld", sagte der Taxi-Flieger mürrisch zu Jeff. „Es hat kein Geld bei sich. Und Freunde hat es auch nicht, wie man sieht, schon gar nicht nach dem Luftalarm."

Jeff wußte, daß viele Leute den Fremdlingen nicht trauten und sie deshalb mieden. Er fragte sich, wie lange es wohl noch dauern werde, bis man sie auf der Erde anerkannte.

Die Fähre mußte bald starten und gleich würde der Flugsteig zugehen. Jeff kannte zwar den Fremdling nicht, aber er durfte auch keine Zeit verlieren. Außerdem brachte er es nicht übers Herz, das hilflose Wesen im Stich zu lassen.

„Hier haben Sie Ihr Geld", sagte Jeff. Der Taxi-Flieger nahm es und setzte das Gepäck des Fremdlings hart auf die Erde. Das Gepäck war ein seltsames Etwas, das aussah wie ein großer brauner Kokon, 30 cm breit und ungefähr 90 cm lang.

Als das Taxi dröhnend wegflog, summte das Wesen ganz schwach und deutete mit seinen dünnen Armen auf den Kokon.

Es zuckte und wand sich wie ein verletzter Vogel und versuchte, zu dem Kokon zu kriechen. Das war es also, was es wollte!

Jeff schob ihm den Kokon hin. Das Wesen brummte lebhaft, seine großen Augen leuchteten und bekamen einen zartgoldenen Schimmer. Seine dünnen dreifingrigen

Hände griffen nach dem Kokon. Mit Jeffs behutsamer Hilfe gelang es ihm, hineinzukriechen. Es bog seine zerbrechlichen Gliedmaßen nach innen, um in dem engen Raum Platz zu finden.

Jetzt war nur noch ein Teil seines seltsamen Kopfes zu sehen, sonst war der Kokon zu. Das Summen hörte sich ganz schläfrig an, so wie das Schnurren einer zufriedenen Katze.

Jeff stand auf, er kam sich reichlich albern vor. In elf Minuten sollte die Fähre starten, in einer Minute würden die Flugsteige gesperrt sein. Er überlegte, was wohl der Admiral sagen würde, wenn er versuchte zu erklären, daß er die Fähre verpaßt habe, weil er so einem seltsamen Lebewesen geholfen hatte.

„Summer!" rief hinter ihm eine Mädchenstimme. „Wie geht es dir?" Ein neues Lufttaxi glitt heran; heraus sprang ein schlankes, junges Mädchen und lief auf den Kokon zu. Es kniete sich hin und begann zu summen, als wäre es auch ein elektrisches Spielzeug.

Das Geschöpf streckte seinen Kopf aus dem Kokon hervor. Seine großen Augen hatten jetzt eine intensiv goldene Farbe und strahlten das Mädchen an.

„Es tut mir schrecklich leid, daß ich so spät komme." Es sah Jeff mit seinen lebhaften dunklen Augen an. „Ich bin beim Luftalarm steckengeblieben. Summer auch. Es war schrecklich für ihn." Das Mädchen streichelte den struppigen kleinen Kopf, der aus dem Kokon hervorlugte.

„Unser Taxiflieger hat ihn beim Alarm einfach auf die Straße gesetzt. In dem Durcheinander wurden wir dann getrennt. Er versteht kaum Englisch und so bekam er die Angst und den Haß der Leute zu spüren, als der Alarm kam. Es muß ihn fast umgebracht haben.“ Das Wesen schnurrte jetzt. Es sah Jeff mit großen Augen an. Sie glänzten nun in warmen Grün- und Goldtönen.

„Summer möchte sich bei dir bedanken.“ Ein Lächeln huschte über ihr schmales Gesicht. „Und ich möchte dir auch danken, Summer war . . .“

„Ich bin froh, daß du gekommen bist“, unterbrach Jeff, „ich muß nämlich gehen.“

Die Tore waren schon zu. Er hörte bereits das dumpfe Dröhnen der Motoren, die die Fähre antrieben. Hoch über der Flugbasis konnte man einen dünnen Nebel erkennen, der sich aus den Gasen gebildet hatte, die mit großem Druck aus den Triebwerken ausgestoßen wurden.

Noch sieben Minuten! Vielleicht würden sie für ihn die Tore gar nicht mehr aufmachen. Aber er mußte es wenigstens versuchen. Er griff nach seinem leichten Raumgepäck und rannte auf das Tor zu.

„Warte doch bitte!“ rief das Mädchen hinter ihm her. „Wir kommen mit. Summer sagt, er wird sie dazu bringen, die Tore noch mal aufzumachen – Er sagt, sie machen sie noch mal auf und lassen die Fähre fünf Minuten auf uns warten. Ich kann dir das jetzt nicht erklären . . . Hilf mir lieber Summer tragen!“

Jeff rannte noch ein paar Meter weiter, ohne zu begreifen, was das Mädchen wollte. Wie konnte der Summer schon dafür sorgen, daß die Tore aufgemacht würden? Warum sollten die Leute die Fähre aufhalten? Aber dann sah er, wie sich die Tore für ihn öffneten.

Er lief zurück und nahm den braunen Kokon auf. Er war viel leichter als er aussah. Er nahm ihn unter den Arm wie einen zusammengerollten Teppich. Das Mädchen nahm ihm seine Raumtasche ab. „Danke! Laß mich das tragen", sagte es.

Er lief auf das Tor zu; das Mädchen rannte an seiner Seite und summte. Der Kokon summte zurück.

„Später", keuchte das Mädchen, „später erklären wir dir alles."

Die Einstiegsluke der Fähre war offen. Hilfreiche Hände zogen Jeff hinein und nahmen ihm den Kokon ab. Neunzig Sekunden später saß er in der winzigen Kabine und lehnte sich in seinem stoßsicher gepolsterten Sitz zurück.

Die Abschußrampe dröhnte wie ein gewaltiger Sturm in der Ferne. Signale kündigten den Start an. Jeff spürte den Stoß, so als explodiere etwas unter ihm. Die Fähre startete und der Druck wurde so stark, daß Jeff eine halbe Tonne wog.

Der Schub schien endlos zu dauern, seinen Körper zu erdrücken. Er bekam kaum Luft.

Als die Hauptdüsentriebwerke auf Gleitflug umschalteten, war Jeff noch viel zu benommen, um einen klaren Gedanken zu fassen. Er wollte das Mädchen finden und mit ihm über den seltsamen kleinen Fremdling sprechen, aber er konnte sich nicht dazu aufraffen, den bequemen Sitz zu verlassen. Wahrscheinlich hatte ihn der Abschuß schläfrig gemacht . . .

Als er aufwachte, fiel die Fähre bereits zum Mond hinab. Er wusch sich das Gesicht, bürstete seine Uniform und ging auf Deck. Das Passagierdeck hatte keine richtigen Fenster, aber auf einem großen Fernsehschirm konnte man den Anflug beobachten. Während sie immer weiter fielen, wuchs der Mond auf dem Schirm zusehends. Er erschien als großer heller Ball vor dem staubigen Grau des Weltraums.

Er konnte die furchigen Gebirge und die runden Krater erkennen; ihre Schatten sahen aus wie tiefschwarze Tintenpfützen.

Der Magen drehte sich ihm um. Jeff schämte sich, war wütend auf sich selbst, und außerdem spürte er, wie Angst in ihm aufstieg. Der Grund dafür war, daß er sich von Kindheit an vor großen Höhen gefürchtet hatte. Er hatte keine Ahnung, warum.

Sein Bruder Ben war, seit er krabbeln konnte, auf alles draufgeklettert, hatte seine Mutter erzählt, auf Kisten, Stühle und Kommoden. Später waren es dann Bäume, Mauern und sogar Fahnenstangen. Jeff hatte immer versucht, es Ben gleichzutun, aber er war die Angst dabei nicht losgeworden.

Er hatte nie mit jemandem darüber gesprochen, nicht einmal mit Ben, aber er hatte immer versucht, diese Angst zu überwinden. In der Schule lernte er Turmspringen und das Turnen an den Ringen; aber die Angst war geblieben. Sein Entschluß, Ben im Pilotentraining nachzufolgen, war zum Teil auch aus dem Wunsch erwachsen, diese Furcht endlich zu besiegen. Er hatte sie nicht vollständig überwunden, aber er verstand es jetzt, sie unter Kontrolle zu halten.

Ein Großteil des Trainings war nicht so schlimm, weil es auf dem Boden stattfand. Sogar die meisten Übungsflüge waren keine wirklichen Flüge gewesen, sondern wurden mit Hilfe von dreidimensionalen Bildschirmen simuliert, um den Weltraumeindruck vorzutäuschen. Die richtigen Flüge hatten mehr Mühe gekostet.

Bei seinen einsamen Ausflügen in der alten SP-7 war ihm der kalte Schweiß ausgebrochen. Aber nun wußte er, daß er seiner Furcht standhalten konnte, wenn sie am schlimmsten war, und daß er es geschafft hatte. So schrecklich würde es nie wieder sein.

Jeff versuchte, nicht auf den Mond im Bildschirm zu sehen, aber er konnte seine Augen nicht abwenden. Der Mond war ein riesiger Felsball, seine Oberfläche narbig und furchtbar. Jeff wartete auf den Augenblick, in dem die starken Bremsaggregate die Fähre verlangsamten und in die richtige Landeposition brachten. Er spürte nur den sanften Schub der Antriebsdüsen, die viel zu schwach waren, um den Zehntausend-Meilen-Sturzflug zu bremsen.
„Verzeihung, Raumfahrer Stone." Ein magerer kleiner Mann berührte Jeff am Arm. „Wir sind vom Nachrichtenzentrum." Er deutete zu einem stämmigen Burschen mit Kamera hinüber. „Wollen Sie zu unseren Fernsehzuschauern sprechen?"

Jeff fühlte sich zwar unbehaglich vor der Kamera, aber andererseits war er froh, daß er auf andere Gedanken kam.

„Erzählen Sie uns etwas von den Sternschiffen", sagte der Reporter. „Wie sehen die eigentlich aus?"

„Sie sind die kleinsten Raumschiffe, die es gibt", sagte Jeff. „Und zugleich sind sie auch die schnellsten. Man braucht sie, um die Welt neuer Sterne zu entdecken. Sie sind dazu geeignet, weil sie X-Raum-Antrieb haben."

„Würden Sie unseren Zuschauern bitte erklären, was X-Raumflug überhaupt ist?"

Jeff dachte scharf nach, um es auch wirklich richtig darzulegen. „Im normalen Weltraum", begann er, „ist die

Lichtgeschwindigkeit die Grenze. Das Licht scheint sich sehr schnell fortzubewegen – mit 186 000 Meilen* in der Sekunde. Aber das ist zu langsam für Sternflüge. Bei der Geschwindigkeit würden die meisten Sternenflüge Hunderte von Jahren dauern. Bei den X-Raumflügen durchbrechen wir die Lichtgrenze."

Der Klumpen saß immer noch in seinem Magen, aber Jeff versuchte, in die Kamera zu lächeln.

„Der X-Raumflug-Antrieb wirbelt jedes Atom zu einem Teil aus dem gewöhnlichen Weltraum," fuhr er fort. „Die Atommasse reduziert sich auf Null. In demselben Maß wie die Masse sich verringert, erhöht sich die Geschwindigkeit. Ein Sternschiff kann tausend Lichtjahre in zehn Stunden durchfliegen." Er schaute in die Kamera und sprach weiter. „Ein Lichtjahr ist die Entfernung, die das Licht in einem Jahr zurücklegt. Das sind fast sechs Trillionen Meilen."

„Was macht den X-Raumflug so gefährlich?"

Jeff schüttelte den Kopf. „Er ist gar nicht gefährlich. Man ist sogar sicher beim X-Raumflug. Die eigentliche Gefahr beginnt im gewöhnlichen Weltraum, wenn man vom X-Raumflug zurückkehrt."

„Wieso?"

„Man kommt sehr schnell heraus", sagte Jeff. „Zu schnell, um zu sehen, was vor einem liegt. Zu schnell auch, um sich auf die Kontrollinstrumente verlassen zu können. Alles hängt von einem selbst und vom Team ab."

Er schwieg einen Augenblick und überlegte, ob man

* 1 Meile = 1,609 km

ihm wohl gute Leute ausgewählt hatte, die mit ihm zum Topas fliegen sollten. „Man muß unheimlich aufpassen. Es gibt zu viele Flugobjekte, die das Schiff zerschmettern könnten, wenn man ihnen nicht ausweicht."

„Und die X-Raumschiffe, sind die gefährlich?"

„Kein bißchen", sagte Jeff. „Sehen Sie, bei den Flügen wird zu jedem Stern eine X-Raumstation gebracht. Die Station hat einen Leuchtturm, der die ankommenden Schiffe durch alle Hindernisse leitet. Beim An- und Abflug von den Stationen sind die großen Schiffe genauso sicher wie diese Fähre."

„Vielen Dank, Raumfahrer Stone. Wir wünschen Ihnen Glück bei Ihrem Rettungsflug zum Topas."

Der Reporter wandte sich von Jeff ab und der 3-D-Kamera zu. „Das war Raumfahrer Jefferson Stone. Er begibt sich auf einen Rettungsflug zum Topas. Eben sehe ich zwei weitere Mitglieder der Besatzung, die Sie sicher kennenlernen wollen."

Er lief über das Deck, der Dicke mit der Kamera hinterher. Jeff folgte ihnen, denn er war neugierg, wer ihn auf seinem Flug begleiten würde.

„Lupe Flor", hörte er den Reporter gerade sagen. „Sie ist ausgebildete Raumfahrerin ebenso wie ihr Freund hier. Beide wurden für das Topas-Team ausgewählt, um den Astronauten Stone zu begleiten."

Jeff ging hinüber zu den Passagieren, die um die beiden herumstanden. Lupe Flor, das sah er jetzt, war das schlanke dunkelhaarige Mädchen, das mit ihm an Bord der Fähre gekommen war. Ihr „Freund" war der struppige kleine Fremdling aus dem All.

Die narbige graue Wölbung des Mondes nahm jetzt den gesamten Bildschirm ein. Und die Fähre fiel immer noch! Jeff starrte auf den Schirm und wartete auf das Einsetzen der Düsen, die den Fall der Fähre bremsen sollten, und er dachte an die beiden seltsamen Teammitglieder. Ein Mädchen und ein struppiger Fremdling – die konnten auf einem Rettungsflug wohl kaum von großem Nutzen sein. Was er brauchte, um Ben zu finden und ihm zu helfen, das waren ausgebildete Leute. Das Mädchen und das seltsame Wesen waren mit ein Grund für das komische Gefühl in seinem Magen.

„Vielen Dank, Lupe Flor", hörte er den Reporter sagen. „Würden Sie uns jetzt bitte Ihren Freund vorstellen?"

Jeff suchte sich eine Lücke in dem Kreis der Neugierigen, die um die beiden herumstanden.

„Ich nenne ihn Summer Zweidutzend." Lupe Flor lächelte zu dem schnurrenden Fremdling hin. Er sah jetzt anders aus als vorher in seinem Kokon. Sein kurzes Fell war nun strahlend blau. Selbst seine riesigen Augen waren blau, und er sah Lupe glücklich an.

„Er hat keinen richtigen Namen", erzählte sie dem Reporter. „Sehen Sie, er ist kein individuelles Wesen, so wie wir. Er ist ein Teil eines Vielfachwesens, und wenn er zu Hause ist, braucht er keinen Namen. Die Nummer auf seinem Raumpaß endet auf 1212 – so sind wir auf Zweidutzend gekommen."

Der Reporter schaute Lupe an. „Würden Sie erklären, was ein Vielfachwesen ist?"

„Es besteht aus Millionen von Teilen“, sagte Lupe. „Genauso wie unser Körper aus Millionen von Zellen besteht. Alle arbeiten zusammen für jede einzelne von ihnen. Jeder Schwester-Bruder hat einen Körper wie Summer hier und alle Teile denken gemeinsam.“

„Wie bitte?“

„Sie gehören zu einem einzigen großen Verstand“, sagte sie. „Summer hat seine eigenen Gehirnzellen. Seine Schwester-Brüder auch. Aber der übergeordnete Verstand des Vielfachwesens bindet sie alle. Schauen Sie Summer an. Sie können ruhig nähertreten!“

Sie berührte seinen blauen dünnen Arm, und der Reporter veranlaßte den Kameramann mit rascher Bewegung, die Szene aufzunehmen. „Sein Körper ist hier bei uns, aber sein Geist ist mit allen seinen Schwester-Brüdern verbunden, wo immer sie sein mögen. Die meisten von ihnen sind noch in den Welten des Opal, das ist sein Heimatstern. Diese Verbindungen arbeiten schneller als der X-Raumflug. Entfernungen spielen keine Rolle. Der Vielfachverstand kann durch jeden einzelnen Schwester-Bruder sehen, sprechen und handeln.“ Der kleine Fremdling schnurrte ihr entgegen und nickte feierlich, so als ob er alles verstünde.

„Hier ist ein Beispiel“, sagte sie. „Als wir auf der Erde waren, wurden wir durch einen Luftalarm aufgehalten. Die Fähre war schon startbereit. Aber Summer hat eine Bruder-Schwester auf der Mondbasis. Diese Bruder-Schwester kannte die Schwierigkeiten, in denen wir hier auf der Erde steckten. Summer schickte ihr seine Nachricht, und so wurde die Fähre für uns aufgehalten.“

So war das also, dachte Jeff. Er wurde sich langsam

darüber klar, daß Summer ganz nützlich sein konnte. Der Reporter sagte gerade: „Raumfahrerin Flor, würden Sie uns auch noch erzählen, wie Sie Summer kennengelernt haben?“

„Summer ist mein Schwester-Bruder“, sagte Lupe. „Ich kenne ihn schon mein Leben lang. Sehen Sie, mein Vater und meine Mutter waren Astronauten. Sie kamen aus Puerto Rico und waren auf ihrer ersten Fahrt zum Opal, der zweitausend Lichtjahre hinter dem Polarstern liegt. Als sie vom X-Raum in den gewöhnlichen Raum eintauchten, wurde ihr Schiff von einem Sandkorn getroffen. Mein Vater war der Pilot. Sein Raumschiff wurde beschädigt und er verletzt. Er lebte gerade noch lange genug, um auf dem nächstgelegenen Planeten des Opal landen zu können.“

Der Reporter sah Lupe voller Mitgefühl an.

„Aber ich hatte Glück.“ Lupes dunkle Augen leuchteten. „Die Planeten des Opal gehören dem Vielfachwesen. Summers größere Schwester-Brüder holten meine Mutter aus dem Wrack. Sie war zwar sehr schwer verletzt, aber sie lebte noch, bis ich geboren war. Das Vielfachwesen zog mich auf. Summer stand mir als Schwester-Bruder am nächsten. Er spielte mit mir, brachte mir etwas bei und wuchs mit mir auf. Schließlich bauten seine Schwester-Brüder ein kleines X-Raumschiff, das zum Teil dem Wrack unseres alten Schiffs nachgeformt war, und Summer und ich flogen damit fort, um nach meinen Verwandten zu sehen.“

Sie lächelte zu dem kleinen blauen Fremdling hinab und schnurrte leise: „Und wir haben es geschafft!“

„Vielen Dank, Lupe Flor“, sagte der Reporter. „Das ist

eine wunderschöne Geschichte. Aber ich wollte Sie noch etwas fragen."

„Ja, bitte?"

„Dieser Rettungsflug wird gefährlich sein", sagte der Reporter. „Man braucht erfahrene Raumfahrer dafür. Warum, glauben Sie, hat man Sie und Summer ausgewählt?"

„Erstens", antwortete Lupe ernst, „gibt es nicht viele Sternenpiloten. Nur ein paar Leute bestehen die Aufnahmeprüfungen. Die meisten scheiden schon aus, bevor sie die Ausbildung beendet haben. Diejenigen, die den Abschluß schaffen, machen durchschnittlich drei Reisen. Also hatte ich nicht viel Konkurrenz. Ich weiß aber, warum Summer gewählt wurde."

Jeff hörte genau hin. Das mußte er wissen. „Er wird so etwas wie ein lebendiges Telefon sein." Lupe streichelte zärtlich sein strahlend blaues Fell. „Unsere Signale können die weit entfernten Sterne nicht erreichen, aber Summer wird immer mit seiner Bruder-Schwester auf der Mondbasis in Verbindung bleiben."

„Ist das wichtig?"

„Das wird dann wichtig, wenn wir in Schwierigkeiten geraten. Wenn früher ein Raumschiff verlorenging, wußte niemand, warum. Zu viele Rettungsflüge blieben erfolglos, weil ihre Besatzung dieselben Fehler machte. Diesmal können wir laufend Berichte zur Mondbasis durchgeben. Wenn uns Fehler unterlaufen, kennt sie der Admiral. Falls wir nicht zurückkehren, wissen die Leute für den nächsten Flug besser, was man nicht machen darf."

„Das klingt vernünftig", sagte der Reporter und

nickte. „Jedenfalls auf lange Sicht. Obwohl ich ja nicht einsehe, wie Ihr Flug dadurch sicherer werden kann oder welchen Nutzen es Ben Stone und seiner Mannschaft bringt.“

„Andere Schiffe würden uns folgen“, sagte Lupe. „Und selbst wenn sie für uns zu spät kommen, so ist es immer noch unsere Pflicht, den Weg zu neuen Sternen zu erkunden.“

„Ich bin sicher, daß unsere Zuschauer wissen möchten, wieso ausgerechnet ein junges Mädchen für so einen Flug ausgewählt wurde. Das haben Sie eigentlich noch gar nicht erklärt.“

Lupe zögerte einen Augenblick, bevor sie fortfuhr: „Wahrscheinlich, weil ich mich ziemlich gut im Weltraum zurechtfinde, obwohl ich nicht das menschliche System benütze. Summers Schwester-Brüder haben mir eine Menge von ihrem Wissen beigebracht, als ich in den Welten des Opal aufwuchs.“

„Tatsächlich?“ Der Reporter war sehr interessiert.

„Außerdem“, sagte Lupe, „war wohl bekannt, daß Summer mich braucht.“

„Wieso das?“ fragte der Reporter.

„Summer kann die Menschensprache nicht sprechen und die meisten Leute können ihn nicht verstehen. Viele Menschen können ihn nicht leiden – obwohl ich nicht verstehe, warum.“

Summer schnurrte ihr entgegen und faßte ihren Finger mit seiner schmalen blauen Hand.

„Als wir in diesem Luftalarm getrennt wurden“, erzählte sie, „liefen die Leute vor Summer davon, bloß weil er ein Fremdling aus dem All ist. Ihre Angst und ihr Haß haben ihn schwer gekränkt. Er war schon fast tot, als Astronaut Stone ihn rettete und ihm zurück in seinen Kokon half."

Sie sah Jeff auf der anderen Seite des Decks und lächelte ihm zu. „Wir sind beide froh, daß Astronaut Stone uns auf dem Rettungsflug begleitet."

Die 3-D-Kamera schwenkte auf Jeff.

„Jetzt habe ich noch eine Frage an alle drei", sagte der Reporter. Er winkte Jeff, sich neben Lupe und Summer zu stellen. „Was haben Sie vor, gegen die Felsspringer auf dem Topas zu unternehmen – so wurden sie doch in der Gefahrmeldung genannt?" Er sah Summer an. „Was glauben Sie, Astronaut Zweidutzend? Wie können Sie die Felsspringer bekämpfen?"

Summer schüttelte den Kopf. Der Brummton, der von ihm ausging, ließ Widerspruch ahnen.

„Das Vielfachwesen ist keine Kampfnatur", sagte Lupe. „Es glaubt nicht an den Nutzen von Krieg. Summer sagt, er will versuchen, mit den Springern Frieden zu schließen, wenn wir ihnen begegnen."

„Angenommen, sie wollen keinen Frieden?" fragte der Reporter. „Wie wollen Sie sich verteidigen, Raumfahrerin Flor?"

„Ich bin mit Summer aufgewachsen", sagte Lupe. „Ich finde Kämpfen kein bißchen besser als er. Ich glaube daran, daß der Weltraum groß genug für alle Kreaturen ist. Ich werde mit Summer zusammen für den Frieden arbeiten."

Der Reporter wandte sich Jeff zu: „Und Sie, Raumfahrer Stone?"

„Ich bin nicht an Auseinandersetzungen interessiert",

sagte Jeff. „Aber der Pilot des vermißten Schiffes war mein Bruder. Ich werde ihm mit allen mir zur Verfügung stehenden Mitteln helfen!"

„Also sind Sie auf Kampfhandlungen eingestellt?"

„Die Raumschiffe sind nicht bewaffnet", erwiderte Jeff. „Sie sind viel zu klein, um schwere Waffen zu tragen. Aber ich werde um Waffen für diesen Rettungsflug nachsuchen. Wenn es nötig sein sollte, werde ich mit allem kämpfen, was mir zur Verfügung steht."

Ein Signal ertönte.

„Bitte die Stoßsitze einnehmen", befahl eine Stimme durch den Lautsprecher. „Bereiten Sie sich auf die Mondlandung vor. Bitte alle die Stoßsitze einnehmen."

Der Reporter winkte Lupe, Summer und Jeff zu.

„Vielen Dank und alles Gute für den Rettungsflug!" Er gab dem Dicken mit der Kamera ein Zeichen. „Hier ist das Nachrichtenzentrum . . ."

Das Signal dröhnte erneut. Jeff beeilte sich, um zu seinem Stoßsitz in der winzigen Kabine zu kommen. Obwohl er sich immer noch Gedanken machte, daß ausgerechnet Lupe und Summer in seiner Mannschaft waren, war doch der Kloß aus seinem Magen verschwunden. Das Blut jagte allerdings wie wild durch seine Adern. Sie landeten auf dem Mond. Dort würde die alte SP-7 auf ihn warten. Er hätte gern gewußt, wer noch für das Team ausgewählt worden war.

Der harte Rückstoß der Düsen bremste die Fähre. Jeff stand auf, nahm seine Raumtasche und kletterte aus der Kabine. Er sah Lupe mit Summer vor sich hergehen. Aufgeregt sah er sich in der Fährstation um. Es war ein riesiger runder Raum, tief in den Mond eingesenkt und von kahlen Betonwänden umgeben. Die Fähre stand als schlanker, silberner Turm in der Mitte.

Elektrowagen fuhren eilig hin und her, Lautsprecher dröhnten und über ihm entluden summende Maschinen Fracht und Gepäck aus der Fähre.

„Hallo, Jeff!"

Der fröhliche Anruf kam aus der wartenden Menge. Ein hochgewachsener Raumfahrer lief auf ihn zu.

„Hallo, Tiger!"

Jeff schlug ihm auf die Schulter und die beiden schüttelten sich die Hände. Ty Clark war ein großer schlanker Neger. Er sah ausgezeichnet aus in seiner silbernen Uniform.

„Ich glaube, wir sollen zusammen zum Topas!"

„Ist das wahr?" Wenn Ty Clark Mitglied der Mannschaft war, dann war Jeff mehr als zufrieden. Ty war zu allem zu gebrauchen. Er war vorher Ausbilder der Neuankömmlinge an der Raumfahrtschule gewesen, und Boxchampion war er auch.

„Ich habe hier unseren Befehl." Ty zeigte ihm einen grauen, amtlichen Umschlag. „Stell dir vor, ich bin Pilot, du Co-Pilot. Ich werde jetzt mal auf die Suche nach dem Rest der Mannschaft gehen."

Jeff war eigentlich enttäuscht. Er hatte erwartet, selbst Pilot des Rettungsunternehmens zu werden. Er hatte gehofft, die Hauptverantwortung bei Bens Rettung zu tragen. Aber gleich darauf schämte er sich dieses Gedankens. Topas A mußte gerettet werden. Nichts anderes zählte. Der beste verfügbare Pilot mußte dafür ausgewählt werden, und das war mit Sicherheit Ty.

Er fragte sich einen Augenblick, ob seine Unsicherheit

den anderen bekannt war. Aber gleich darauf wies er den Gedanken zurück. Seine Höhenangst konnte nicht schwerwiegend sein, denn sonst wäre er bei den Tests durchgefallen und aus der Raumfahrtschule geflogen. Er konnte froh sein, daß er wenigstens Co-Pilot geworden war. Er riß sich zusammen. Dann blickte er in Tys lächelndes Gesicht. „Ich bin stolz, daß ich mit dir arbeiten darf!" sagte Jeff zu ihm. „Unsere übrige Mannschaft ist gleich vor uns."

Er rief Lupe und Summer – und war neugierig zu sehen, wie Ty wohl reagieren würde. Aber Ty schien nicht im geringsten überrascht zu sein, daß die beiden restlichen Mitglieder des Rettungsteams ein Mädchen und ein kleiner blauer Fremdling waren.

„Das ist Tyler Clark", erzählte Jeff ihnen. „Damals in der Raumfahrtschule nannten wir ihn Lächelnder Tiger. Wir hatten dasselbe Zimmer, und er war mein bester Freund. Er wird unser Pilot beim Topasflug sein."

Ty schüttelte Lupe und Summer die Hand.

„Wir müssen mit einem Trainingsschiff fliegen", sagte er, „das ist das einzige, was wir haben. Sie reparieren es gerade, aber wir starten, sobald das Schiff in Ordnung ist." Er deutete zum Durchgang für Passagiere hinüber.

„Kommt mit", sagte er, „ich habe ein Mondauto von der Basis bekommen. Wir können gleich hinfahren und auf unseren Abflug warten." Jeff ging vorsichtig auf die Durchgangstür zu. Er wog hier nur noch 30 Pfund. Wer das vergaß, sprang dauernd vom Boden weg.

„Heb bloß nicht die Füße", sagte Ty.

„Warte", rief Lupe ihm zu. „Wir müssen noch unser Gepäck holen."

„Laß das lieber hier", sagte Ty. „Unser altes Schiff hat in dem Zustand, in dem es ist, kaum genug Energie für den X-Raumflug. Sie versuchen es gerade von jedem Gramm überflüssigen Ballasts zu befreien. Wir können keine Extras mitnehmen."

Summer protestierte, zerrte an ihrem Finger und blinzelte zur Fähre zurück.

„Er macht sich Sorgen wegen seines Kokons", sagte sie. „Er muß ihn unbedingt haben, um mit seinen Schwester-Brüdern in Verbindung zu bleiben. Den können wir nicht hierlassen."

Jeff spürte ein Beben unter seinen Füßen. Lupes Stimme ging in einem Donnergrollen unter, das tief unten aus dem Mond zu kommen schien. Die Fähre schwankte bedrohlich.

Gongs dröhnten. Menschen schrien, duckten sich und liefen durcheinander. Ein führerloser Wagen krachte in den Passagiersteig, und die Vielzahl der Geräusche wurde als Echo von dem dunklen Gewölbe über ihnen zurückgeworfen, bis Jeff es nicht mehr aushielt und die Finger in die Ohren steckte. Er schaute sich nach seinen Freunden um und sah gerade, wie Summer zwischen Lupe und Ty auf den Boden fiel. Der blaue Schimmer war von seinen Augen und seinem Pelz verschwunden, und er war jetzt über und über schwarz.

„Mondbeben!" Ein Mann stolperte eilig an ihnen vorbei und starrte erschrocken hinauf in das dröhnende Rund über ihnen. „'Raus hier!"

Jeff blickte gerade noch rechtzeitig nach oben, um zu sehen, wie ein riesiger Behälter sich von der schwankenden Fähre losmachte. Er fiel erst langsam und dann immer schneller, wobei die Lattenkisten, Koffer und Metalltrommeln, die darin waren, aus 30 Meter Höhe auf die Gänge herabkrachten.

„Bloß weg!" sagte Ty zu Jeff und ergriff Lupe bei der Hand. „Schnell, kommt mit!"

Start zum Topas

Jeff sah zu, wie die Raumfracht aus dem geborstenen Behälter hervorquoll. Die Bewegung der fallenden Kisten und Trommeln hier auf dem Mond war neu für ihn. Alles schien zuerst ganz langsam zu fallen und dann auf einmal mit Macht herunterzukrachen. Es dauerte einen Augenblick, bis ihm der Zusammenhang zwischen Masse, Kraft und Bewegung klar war. Dann wußte er genau, wann jede wirbelnde Kiste auf den Boden der Station krachen würde. Und er wußte genau, an welcher Stelle sie herunterkam.

„Jeff!" Ty Clark griff ihn am Arm. „Weg mit dir!"

Lupe beugte sich über Summer. Der kleine Fremdling aus dem All lag bewegungslos auf dem Boden.

„Schnell komm, Raumfahrerin", Ty beugte sich zu Summer hinab. „Ich werde ihn tragen."

Er arbeitete sich zum Ausgang vor, Lupe war dicht hinter ihm. Jeff stand für einen Augenblick wie angewurzelt. Sie rannten genau dahin, wo die Fracht herunterkommen mußte!

„Tiger!" schrie er. „Bleib stehen!"

„Was?" Ty drehte sich um. „Wir haben keine Zeit."

„Kisten." Jeff zeigte nach oben. „Hier ist's sicherer."

Ty blickte zu der fallenden Kiste hinauf und grinste, als wären Mondbeben eine ausgesprochen lustige Sache.

Jeff rief den Passagieren zu: „Gehen Sie von den Landestegen 'runter!"

Ty lief mit Summer auf dem Arm los, Lupe immer noch auf seinen Fersen.

„Hierher!" rief Jeff. „Halt!"

Rrrumms!

Sechs Meter von ihnen entfernt krachte eine große Kiste mit Ausrüstungsmaterial zu Boden; Metall und Glas flogen herum. Einige Schrankkoffer platzten auf. Eine dicke Metalltrommel kam plattgedrückt unten an und bespritzte kreischende Leute mit gelber Farbe. Dann war das Beben vorbei. Männer liefen umher, um drei oder vier Leuten zu helfen, die verletzt worden waren. Ein Passagier suchte Frau und Kinder zusammen und kam dann keuchend auf Jeff zu, um ihm für die Warnung zu danken.

Das Alarmsignal hörte auf zu schrillen. Arbeiter kamen zurück, um das Durcheinander aufzuräumen und die Fähre vollends zu entladen. Bald dröhnte die hohe Kuppel wieder, aber diesmal von den Geräuschen normaler Arbeit.

Summer brummte nur schwach, und ein blasser Goldschimmer kehrte in seine Augen und die Fellspitzen zurück. Ty setzte ihn auf den Boden. „Danke, Jeff!" Ty grinste. „Für einen Augenblick habe ich dich für verrückt gehalten. Aber dann habe ich mich daran erinnert, wie du Flugbälle auffangen kannst."

„Wir möchten dir auch danken", sagte Lupe. „Ich glaube, du hast uns das Leben gerettet."

„Die Sachen fallen hier langsam“, erklärte Jeff und versuchte, die andern nicht merken zu lassen, wie sehr ihn der Unfall beunruhigt hatte. „Sie brauchten sechs Sekunden, um auf dem Boden aufzuschlagen. Ich hatte genug Zeit, um auszurechnen, wo sie 'runterkommen würden.“

Sie nahmen Summers Kokon auf und gingen zum Mondauto, das in einem Parktunnel abgestellt war. Es sah aus wie ein hochrädriger Panzerwagen. Sie kletterten durch eine schachtartige Öffnung hinein, und Ty fuhr sie durch ein ganzes Tunnelnetz hindurch. Die Mondkolonie hatte man unter der Mondoberfläche angelegt, um sie gegen die langen, glühendheißen Tage und die ebenso langen bitterkalten Nächte zu schützen. Selbst die Straße, die zur Sternschiff-Basis führte, verlief größtenteils unter der Oberfläche. Nur an einer Stelle führte sie über eine lange Brücke und man sah den fremdartigen dunklen Himmel über sich. Jeff saß neben Ty auf dem Vordersitz und betrachtete das Land um sich herum, das leblos und grau unter dem sengenden Strahl der Sonne und gegen die Finsternis des Weltraums erschien. Es war von häßlichen Vertiefungen übersät. Wie ausgebrochene Zähne standen die Felsen umher. Jeff fragte sich, ob wohl die unbekannten Welten vom Topas ebenso abstoßend aussahen wie der Mond.

Admiral Serovs Assistent wartete am Eingang zur Basis auf sie. „Sie sollen sich sofort bei der Startrampe melden“, sagte er. „Ihr Schiff nimmt gerade Treibstoff an Bord. Sie können bald starten.“

Die Abschußbasis bildete eine kegelförmige Höhle, die in den Mond eingebettet lag. Die schrägen Wände waren aus grauem Beton. Der Katapult, d. h. die Maschine, die man zum Abschuß der Schiffe benutzte, war eine schwere schwarze Kanone, die aus der Überdachung herausragte. Auf ihr befand sich die SP-7.

„Das ist unser Schiff?" Lupe staunte.

Jeff nickte. „Das ist es."

„Das sieht ja winzig aus."

„Die neuen Schiffe sind größer", sagte Jeff. „Aber wir haben kein neues. Dieses alte Übungsschiff ist unsere einzige Chance, Ben und seine Leute zu retten."

Das Bodenpersonal war eifrig um das Sternschiff bemüht. Admiral Serov hatte jedes Teil selbst überprüft, und jetzt kam er herübergestapft, um die Raumfahrer zu begrüßen; den leeren Ärmel hatte er in den Gürtel gesteckt. Er sah besorgt aus, trotzdem hatte er ein Lächeln für Lupe und ein Brummen für Summer, dessen Sprache er verstand. Als Jeff salutieren wollte, ergriff er dessen Hand. „Sie sind mit der Mission beauftragt", sagte er zu Ty. „Sie können jetzt an Bord gehen."

„Zu Befehl, Admiral." Ty zögerte. „Die Reparaturen, um die ich gebeten hatte, sind sie . . .?"

„Unser Mannschaftschef ist Ihre Beschwerdeliste durchgegangen", sagte der Admiral. „Wir haben alles überprüft. Ich weiß, daß dieses Raumschiff alt ist, aber es fliegt noch."

„Die Fluglehrer haben uns nie erlaubt, damit schneller als mit halber Lichtgeschwindigkeit zu fliegen", sagte Ty zu ihm. „Sie haben auch gesagt, man habe es niemals bei Höchstgeschwindigkeit getestet. Bedeutet das nicht, daß sein X-Raum-System nie wirklich getestet wurde?"

„Unser Mannschaftschef sagt, alle Instrumente seien in

Ordnung", sagte der Admiral. „Sie müssen das Schiff eben wie ein rohes Ei behandeln. Es bleibt keine Zeit mehr für weitere Tests."

„Ich verstehe." Ty nickte. „Wir werden das Schiff nehmen, wie es ist."

„Admiral Serov –". Jeff konnte seine Erregung nicht verbergen. „Können wir irgendwelche Waffen an Bord nehmen?"

Der Admiral runzelte die Stirn. „Sie kennen doch unsere Grundsätze. Unsere Schiffe bringen Frieden zu den Sternen, nicht Krieg."

„Aber, Admiral", sagte Jeff, „die Lebewesen vom Topas haben meinen Bruder angegriffen. Wie sollen wir uns verteidigen?"

„Ein einziges kleines Raumschiff ist außerstande, mit Waffen ein ganzes Planetensystem zu erobern", erklärte der Admiral. „Sie könnten lediglich dazu führen, daß die Fremdlinge uns hassen – und vielleicht sogar unsere Welten angreifen."

„Ich kann mir allerdings nicht vorstellen, daß wir ohne Waffen viel für Topas tun können", sagte Jeff. „Ben hat berichtet, daß diese Felsspringer auf seine X-Raumstation gefeuert haben. Wahrscheinlich haben sie sie zerstört. Angenommen, sie greifen unser Schiff an oder sie zerstören unsere Station? Was können wir dann tun?"

„Das müssen Sie schon selbst herausfinden", sagte der Admiral. „Summer und Lupe sollten eigentlich in der Lage sein, Ihnen in einem solchen Fall zu helfen."

Summer hatte jetzt wieder eine strahlend blaue Farbe angenommen. Er pfiff dem Admiral etwas zu – dieser pfiff in Summers Sprache zurück.

Das Bodenpersonal lud den Kokon ins Schiff. Andere Arbeiter kletterten hinein und heraus und machten das Raumschiff endgültig startklar.

Jeff, Lupe, Summer und Ty begaben sich zu der Plattform des offenen Fahrstuhls. Der Chef der Mannschaft winkte, und sie wurden auf der Plattform zur Einstiegsluke emporgehoben.

Das Bodenpersonal grüßte.

Ein Signalgong ertönte; er klang hohl und dunkel unter der Betonkuppel. Ty Clark stieg als letzter ins Schiff.

Man hörte, wie sich die Tür schloß. Dann vernahm man ein Brausen wie von einem steifen Wind. Riesige Maschinen brachten das Raumschiff in die richtige Position. Hoch über dem Antlitz des Mondes verließ dann das Schiff die Rampe. Silbernes Metall blitzte unter den heißen Strahlen der Sonne auf. Das Schiff schwenkte in nördliche Richtung ab und flog in Richtung „Sonnenbasis" – der X-Raumstation, die das Tor von der Erde zu den Sternen war.

Jeff saß neben Ty in dem engen Cockpit und versuchte energisch, genauso zuversichtlich zu sein, wie Ty aussah. Sie waren jetzt wenigstens schon einmal auf dem Weg zum Topas. Mit genügender Massenzerlegung konnten sie „Sonnenbasis" in zwei Stunden erreichen. Von dort aus brauchten sie dann noch zehn Stunden X-Raumflug bis zum Topas. Mit etwas Glück konnten sie schon dort sein, bevor die Fähre wieder auf der Erde ankam.

Aber Jeff machte sich Sorgen wegen des Schiffes. Wenn die Sternschiffe auch die schnellsten Flugkörper waren, die die Menschen je gebaut hatten, so waren sie doch zugleich die gefährlichsten in der Bedienung. Er beobachtete dauernd die Instrumententafel, ob kein Alarmsignal erschien.

„Was glaubst du?“ fragte er Ty. „Wird die alte SP-7 es schaffen?“

„Na klar schafft sie es!“ Ty beugte sich in seinem Pilotensitz vor und schob den Massenzerlegerhebel weiter nach vorn.

Aber Jeff war da nicht so sicher.

„Ich mache mir Sorgen um Ben“, sagte er. „Selbst wenn wir unbeschadet zum Topas kommen, weiß ich nicht, wie wir ihn jemals finden sollen. Schließlich sind da ja ganze Schwärme von Planeten abzusuchen. Und außerdem kann ich mir nicht vorstellen, wie wir mit den Felsspringern ohne Waffen fertigwerden sollen.“

„Nun mal ruhig Blut“, grinste Ty. „Wir werden mit dem kämpfen, was wir haben.“

Jeff wünschte sich, daß er seiner Sache auch so sicher sein könnte wie Ty. Ihr Schiff war klein und überaltert. Außerdem mußte es noch das zusätzliche Gewicht einer neuen Station für Topas tragen. Man hatte sie an der Spitze des Schiffs angebracht. Ihr Gewicht war beträchtlich. Was würde geschehen, wenn das Raumschiff dadurch an Tempo und Manövrierfähigkeit einbüßte und wenn sich das gerade in dem gefährlichen Stadium des Eintritts in den X-Raumflug zeigte?

Aber die Station mußte mitgeführt werden. Ohne sie würden sie nicht mehr vom Topas zurückkehren können. Bevor sie nicht aufgebaut und funktionsfähig war, ihr Leuchtturm nicht arbeitete und die Eintrittszone ausleuchtete, solange konnten ihnen keine größeren Raumfahrzeuge zum Topas folgen.

Er sorgte sich auch um Lupe und Summer, die unten in der Kabine waren. Er mochte Lupe und fand Summer großartig. Aber es war ihm immer noch nicht klar, wie man die beiden anstelle von Waffen gegen die Felsspringer von Topas einsetzen konnte.

Wummm! ... Wummm! ... Wumm ...!

Ein starkes Hämmern erschütterte das Cockpit. Jeff merkte, wie das kleine Schiff absank, als ob die Kraft, die sie emporgehoben hatte, jetzt plötzlich versagte. Er griff nach dem Kontrollhebel.

„Immer mit der Ruhe, Jeff."

Ty schaltete den Schub der Düsen rasch auf Null. Das Hämmern hörte sofort auf. Einen Augenblick lang trieb das Schiff im freien Fall dahin. Jeffs Körper hatte kein Gewicht mehr, und Schwindel und Übelkeit stiegen in ihm auf.

„Das waren die Verstärker", erklärte Ty. „Erinnere dich, daß der Admiral gesagt hat, wir sollten sie wie ein rohes Ei behandeln."

Jeff nickte schwach. Er klammerte sich an den Gurten fest, die ihn im Sitz hielten, und wartete, während Ty am Kontrollbrett arbeitete und Masse und Energie im Verstärker wieder in Einklang brachte. Als das Raumschiff wieder seinen Flug aufnahm, fühlte auch Jeff sich ein bißchen besser.

„Flug Topas B an Sonnenbasis." Ty sandte ein Signal zur Station nördlich des Mondes. „Hier spricht Kommandant Tyler Clark. Haben Sie irgendwelche Nachrichten vom Flug Topas A?"

Sonnenbasis war immer noch ziemlich weit entfernt. Selbst mit Lichtgeschwindigkeit brauchte die tiefe Stimme von Hauptmann Marc Bon einige Zeit, um sie zu erreichen.

„Nichts Neues", sagte der Hauptmann. „Aber wir erwarten auch keine Nachricht. Wir sind davon überzeugt, daß Stones X-Raumstation zerstört wurde. Er kann ebensowenig Nachrichten senden wie zurückkehren."

„Wir werden sie 'runterholen." Tys freundliche Stimme bekam einen harten Klang. „Hauptmann, wir ersuchen um Einflugserlaubnis durch Sonnenbasis für X-Raumflug zum Topas."

„Verstanden", antwortete Bon. Einen Augenblick später gab Bon mit seiner dunklen Stimme Anweisungen. Ty betätigte den Antrieb seines Raumschiffes und lenkte es in die Eintrittszone. Er drückte den Hebel des Massenzerlegers, um ihr Schiff in den X-Raumflug überzuleiten.

„Viel Glück, Sternenfahrer!" rief Bon. „Kommt gesund wieder –!"

Seine Stimme brach ab, denn jetzt flogen sie schneller als der Lichtstrahl, der diese Stimme übermittelte. Der Mond, die Erde und die Sonne verschwanden hinter ihnen, weil ihre Lichtstrahlen nicht mehr mit der Geschwindigkeit des Raumschiffs Schritt halten konnten.

Ty grinste Jeff an. Die Theorie hatten sie zusammen in der Schule gebüffelt. Die Fluglehrer hatten ihnen dann aber nur erlaubt, den Massenzerleger des Übungsschiffes auf halbe Lichtgeschwindigkeit zu stellen. Summer und Lupe waren natürlich durch den X-Raum zur Erde geflogen. Aber für Ty und Jeff war ein richtiger X-Raumflug eine völlig neue Erfahrung.

„Sie haben uns gesagt, wir würden die Sterne nicht sehen können." Ty schaute aus dem Fenster des Cockpits.

„Allerdings können wir sie nicht sehen. Sie haben auch behauptet, man könnte durch einen Stern oder sogar durch einen Planeten hindurchfliegen."

„Aber wenn wir von der Flugbahn abkommen, können wir ebensogut zerschellen", erinnerte Jeff sich. „Na, dann wollen wir mal unser Glück versuchen."

Ty hantierte am Armaturenbrett. Der schwache Schein vom Kontrollbord leuchtete auf seinen Händen, aber vor dem Cockpitfenster war kein Licht. Die Geisterwelt war tiefschwarz.

„Dieses alte Neutrinoskop —" er verstummte, als er mit den Knöpfen hantierte. „Der Mannschaftschef hat gesagt, es sei in Ordnung. Wenn das kaputtgeht, sind wir blind."

Das Neutrinoskop war sozusagen das Auge des Raumschiffs. Als Jeff Ty daran arbeiten sah, erinnerte er sich an die Kurse in der Schule. Neutrinos, das hatte er gelernt, waren seltsame kleine Dinge, die keine Masse hatten. Die meisten von ihnen waren langsamer als das Licht, aber der X-Raum-Effekt bewirkte, daß manche von ihnen schneller waren als das schnellste Raumschiff.

Die Wölbung der Sterne leuchtete unter den schnellen Neutrinos. Das war das Geheimnis des Neutrinoskops. Das menschliche Auge kann Neutrinos nicht wahrnehmen, aber das Neutrinoskop fängt sie in reflektierenden Spiegeln ein, und so kann man die Sterne in jeder Richtung von der Raumkapsel aus sehen.

Wenn es funktioniert, dachte Jeff. Aber im Moment war das nicht der Fall. Alle Spiegel blieben dunkel. Ihr Raumschiff flog durch finsterste Nacht.

„Vielleicht hat der Chef recht, vielleicht aber auch nicht."

Ty schüttelte den Kopf. „Alle Leitungen stehen unter Strom. Mag sein, daß es nur eine Störung im Neutrinoskop ist."

Er schwieg erneut. Die Spiegel blieben dunkel. Jeff drehte sich in seinem Sitz um, damit er die Borduhr erkennen konnte.

Sie hatten die Hälfte der Strecke zurückgelegt; sie lagen zeitlich gut, denn sie flogen schnell. Sie mußten auch schnell fliegen, um Neutrinos mit ihren Instrumenten aufzufangen. Sekunden bedeuteten Hunderte von Millionen Meilen, Minuten bedeuteten Lichtjahre, die sie zurücklegten.

Er wußte, daß sie schon längst an anderen Sternen vorbeischossen. Ihre heimatliche Sonne mit ihren winzigen kreisenden Planeten lag schon so weit zurück, daß sie kaum noch zu erkennen sein würde. Er beobachtete Ty und wartete darauf, daß das Neutrinoskop wieder Sterne anzeigte. Er atmete schwer. Er bemühte sich, nicht auf die Uhr zu sehen, aber der rasende Sekundenzeiger hielt ihn in seinem Bann. Er mußte die ganze Zeit daran denken, was wohl geschehen würde, wenn sie wirklich mit einem Planeten oder einem Stern zusammenstießen.

Tys fröhliches Pfeifen brachte ihn fast aus der Fassung. „Der Chef hatte recht", sagte Ty. „Es hat wirklich nur ein bißchen gewackelt."

Die Spiegel flackerten auf. Ein fahler grauer Nebel breitete sich darauf aus. Graue Punkte lösten sich aus dem Nebel des vorderen Spiegels. Sie rasten an den Seitenspiegeln vorbei, als sie am Schiff vorbeiflogen. Im rückwärtigen Spiegel sah man dann, wie sie wieder im Nebel verschwanden.

Diese grauen Nebel waren in Wirklichkeit weit entfernte Sterne, das wußte Jeff. Die vorbeisausenden Punkte waren die Rundungen der nähergelegenen Sterne, deren schnelle Neutrinos in den Spiegeln aufgefangen wurden.

„Na, endlich können wir etwas sehen!" Jeff atmete erleichtert auf. „Ich dachte schon . . ."

Ty runzelte die Stirn und sah kopfschüttelnd in die Spiegel.

Dann blickte er Jeff mit ernsten Augen an. „Wir sind in Schwierigkeiten, Jeff, sogar in großen Schwierigkeiten. Ich habe beim Reparieren zuviel Zeit verloren. Ich weiß nicht, wohin wir während unseres Blindfluges gekommen sind. Ich weiß weder, in welcher Richtung der Topas liegt, noch wo sich unsere Sonne befindet. Wir haben uns verirrt, Jeff. All diese Sterne sind mir völlig unbekannt."

Der Stern mit dem Ring

Jeff saß im Cockpit und beobachtete die Sterne, an denen ihr Raumschiff vorbeiflog. Alle Fenster waren dunkel. Kein Licht erreichte sie. Nur die schnellen Neutrinos konnten die grauen Punkte auf den Spiegeln sichtbar machen. Sie sahen alle gleich aus.

„Und was jetzt?" Ty ergriff seinen Arm. „Wie finden wir den Topas?"

„Laß es uns mal mit Summer probieren", sagte Jeff. „Er hat doch X-Raumerfahrung. Er wurde schließlich für unser Team ausgesucht, weil der Geist seines Vielfachwesens so viel weiß."

„Versuch's mit ihm“, sagte Ty. „Ich behalte so lange das Neutrinoskop im Auge.“

Jeff stieg die Leiter zur Hauptkabine hinab. Das war ein großer runder Raum, in dem sich ihr Lebenserhaltungssystem befand. Summers dicker brauner Kokon lag auf einem Stoßsitz. Lupe stand daneben und pfiff leise.

„Wir haben uns verirrt“, sagte Jeff zu ihr. „Vielleicht kann Summer herausfinden, wo der Topas liegt.“

Sie schüttelte den Kopf. „Er ist in seinem Kokon.“

„Was ist mit ihm los?“

„Er hat keine Verbindung“, sagte sie. „Irgend etwas, das im Zusammenhang mit dem X-Raumflug steht, hat die Verbindung zu dem übergeordneten Verstand gestört. Er ist ganz allein und hat furchtbare Angst. Das ist ihm auf unserem Flug zur Erde schon einmal passiert.“ Sie versuchte zu lächeln. „Wenn wir auf dem Topas sind, ist er wieder auf dem Damm.“

„Wir werden aber vielleicht nie dort ankommen, wenn er uns jetzt nicht helfen kann.“

„Er kann seine Schwester-Brüder einfach nicht erreichen“, sagte Lupe.

„Aber wir müssen etwas unternehmen. Und zwar gleich.“

Jeff hielt sich mit feuchten Händen an der Leiter fest. „Lupe, du bist doch Astronautin. Du bist doch mit Summer zur Erde gekommen. Könntest du uns nicht zum Topas dirigieren?“

Sie schüttelte langsam den Kopf.

„Ich habe die Raumfahrt von Summers Schwester-Brüdern gelernt“, sagte sie. „Ihr System unterscheidet sich von euerm. Die meisten eurer Instrumente sagen mir gar nichts. Aber du und Ty, ihr kennt dieses Schiff. Ihr habt doch so viele Instrumente und Karten, könnt ihr beide zusammen nicht den Topas lokalisieren?"

„Fluginstrumente sind im X-Raum kaum eine Hilfe", erklärte er ihr. „Ich nehme an, du weißt, daß Kompasse hier nicht arbeiten, weil wir von allem abgeschnitten sind. Die Uhr hilft uns dabei, zu schätzen, wie weit wir schon geflogen sind, aber wir haben nichts, womit wir die Richtung bestimmen könnten."

„Habt ihr Sternkarten?"

Er nickte. „Aber sie passen zu keinem Stern, den wir sehen können. Die Sterne in dem Neutrinoskop haben keine Farbe. Sie erscheinen bloß als graue Punkte. Wenn man sie aus einer anderen Richtung sieht, kann man sie nur schlecht erkennen. Ty sagt, sie sehen aus wie Schneeflocken im Wind."

„Aber ihr seht doch, wo sie sind", sagte sie. „Wenn auch nur im Neutrinoskop. Ihr könnt zwischen ihnen die Entfernung und Richtung feststellen. Mit Hilfe dieser Berechnungen könnt ihr sie doch auf der Karte finden."

„Das haben wir ja versucht", sagte Jeff. „Aber unsere Karten umfassen bloß die Hauptraumflugstraßen. Wir haben zwar unserem Computer eine Menge Entfernungs- und Positionsdaten eingefüttert, aber bei der hohen Geschwindigkeit sind sie nutzlos. Die Sterne sind so schnell vorüber, daß wir mit dem Schreiben nicht nachkommen."

„Vielleicht . . ." Sie zögerte und sah zu dem braunen Kokon hinab. „Würde es dir etwas ausmachen, wenn ich mir das doch einmal ansehe?"

„Komm bitte", sagte er.

„Ich habe natürlich keine Karten bei mir, aber Summers Schwester-Brüder haben mir eine ganze Menge Entfernungen und Positionen beigebracht."

„Du willst doch nicht behaupten, daß du ganze Bücher voller Positionen auswendig kannst?"

„Das Vielfachwesen war mein Lehrer, und es hat mich mit neuen Lernmethoden vertraut gemacht."

„Gut", sagte Jeff. „Gehen wir hinauf."

Schweigend stieg sie hinter ihm die Treppe hinauf. Ty räumte für sie den Platz vor dem Neutrinoskop.

Lupe beobachtete aufmerksam das Instrument. Ihre großen Augen waren weit geöffnet und eine Falte bildete sich auf ihrer Stirn.

Die Spiegel zeigten schwach drei dicht nebeneinanderliegende Sterne. Sie tauchten aus dem Nichts auf, schossen pfeilschnell auf das Schiff zu und verschwanden im weißen Nebel hinter ihm. Drei endlose Minuten verstrichen. Jeff mußte daran denken, daß diese drei Minuten sie um weitere Lichtjahre von der Stelle weggebracht hatten, wo sie eigentlich sein sollten.

„Ich kenne diesen Stern!" Diese Erkenntnis wischte die kleine Falte von Lupes Stirn. „Ich habe diesen Stern zu den Positionen der darum angesiedelten Sterne in Verbindung gebracht und das Ergebnis mit den Tafeln verglichen, die ich auswendig kann. Es ist der Stern Aldebaran."

Einen Augenblick sagte keiner ein Wort. Lupe zeigte auf einen grauen Punkt am Rande des Vorderspiegels. Jeff beugte sich vor und sah ihn sich genau an. Dann atmete er auf.

„Sie hat recht!" flüsterte er. „Siehst du den blassen Stern daneben? Aldebaran hat einen schwachleuchtenden

Begleitstern. Er sieht durch die Neutrinos anders aus, aber ich erkenne ihn genau."

Er lachte Lupe dankbar an. Vielleicht hatte der Computer, der sie für den Flug ausgewählt hatte, doch kein Schräubchen locker gehabt.

Lupe machte jetzt andere Flugobjekte auf dem Spiegel aus. Aldebaran schwamm gerade langsam an den Seitenspiegeln vorbei, aber sie zeigte auf eine kleine Wolke grauer Punkte, die noch auf dem Vorderspiegel zu sehen war.

„Seht ihr die Gruppe?" fragte sie. „Das ist die Sterngruppe der Hyaden."

„Wenn du das sagst, Lupe." Ty nickte, doch sein Grinsen wirkte schwach. „Für mich sehen sie immer noch wie treibende Schneeflocken aus. Ich muß dir also glauben."

Langsam begann Jeff sich im X-Raum zu Hause zu fühlen. Eigentlich, so dachte er, war das ja dieselbe Welt, die er schon immer gekannt hatte. Sie sah nur deshalb anders aus, weil er sie auf eine andere Art und Weise sah, nämlich mit Hilfe von Neutrinos und nicht mit Licht. Damals in der Schule hatte er Kartenlesen gelernt, und er fing jetzt an, die Sterne schneller zu erkennen, als Lupe sie nennen konnte.

Sein Gefühl für Masse, Kraft und Bewegung kehrte zurück. Die Sterne und ihr Raumschiff waren jetzt Masse für ihn. Die Bewegung, die die Kraft verursachte, war ihm plötzlich ebenso klar wie die Bewegung seiner Finger beim Schließen der Hand.

Die Sterne waren nun nicht länger trübe graue Punkte, die aus dem Nebel auftauchten. Sie waren alte Freunde.

Als Jeff anfing, die Sterne zu nennen, rutschte Lupe

von dem Sitz vor dem Neutrinoskop. „Kann ich wieder zu Summer gehen?“ fragte sie Ty. „Er braucht mich.“

„Ja, geh nur“, lächelte Ty. Er sah sie dankbar an und sagte: „Jetzt weiß ich, warum du für unser Team ausgesucht worden bist.“

Er nickte Jeff zu, auf dem Sitz Platz zu nehmen.

„Du bist der Pilot, Jeff“, sagte er. „Nächster Halt ist der Topas!“

Jeff setzte sich an das Steuerpult. Der Topas blieb noch immer in einer Wolke weitentfernter Sterne verborgen, und die Sonne war schon lange in dem weißen Schimmer hinter ihnen verblaßt. Aber er kannte Aldebaran, und er kannte die Hyaden. Er wußte jetzt, wo er die Plejaden zu suchen hatte. Der Weg zum Topas war also klar. Jeff richtete die Position des Schiffes auf den Topas aus. Das kleine Raumfahrzeug lag sicher in seiner Hand. Er fühlte sich wie auf der Erde.

Ty blieb noch einen Augenblick, um das Neutrinoskop zu beobachten und etwas auf der Karte nachzusehen. Dann kletterte er die Leiter zur Kabine hinab. Jeff war allein im Cockpit, bis Lupe heraufkam und ihm etwas zu essen brachte.

„Summer geht es jetzt besser“, sagte sie. „Und Ty schläft.“

Sie setzte sich zu ihm ins Cockpit, während er aß und seinen heißen Kaffee schlürfte. Er fragte sie danach, was Summers Schwester-Brüder ihr alles beigebracht hatten, und er versuchte, sich die fernen Welten des Opal vorzustellen, in denen sie aufgewachsen war. Sie zeigte ihm die Plejaden, als sie langsam auf dem Vorderspiegel sichtbar wurden, und er erzählte ihr, wie er sie als Kind als die sieben Schwestern kennengelernt hatte. Er zeigte ihr, in welcher Richtung der Topas lag, obwohl man ihn noch nicht sehen konnte. Er wollte nicht darüber nachdenken, was sie wohl erwartete, wenn sie zum Topas kamen. Er hatte nichts darüber gesagt, aber wahrscheinlich war er zu schweigsam geworden.

„Was ist los, Jeff?" fragte sie plötzlich. „Sind wir jetzt nicht in Sicherheit?"

„Doch, ich glaube, hier sind wir schon sicher." Er versuchte, unbeschwert auszusehen. „Schließlich haben wir ja mit deiner Hilfe den Weg wiedergefunden."

„Aber irgendwas bedrückt dich doch."

„Die eigentliche Gefahr beginnt erst, wenn wir auf dem Topas ankommen." Er sprach ganz langsam weiter. „Zuerst einmal haben wir dort keine Station. Es gibt da keinen Leuchtturm, der uns anzeigen könnte, wo wir sicher aus dem X-Raumflug austreten könnten."

„Aber wir haben doch das Neutrinoskop." Sie deutete auf die Spiegel.

„Das Instrument zeigt aber nur die äußere Wölbung der Sterne an. Die Neutrinos zeigen sonst gar nichts. Auf den Spiegeln können wir weder Planeten noch fallende Sterne oder Felsspringer erkennen – wie immer sie aussehen mögen. Wenn wir heraustreten, dann müssen wir es im Blindflug tun."

Lupe rührte sich nicht. Sie saß schweigend da und beobachtete einen nahegelegenen hellen Stern, der auf dem Vorderspiegel sichtbar wurde. Dann berührte sie seine Hand.

„Wir werden's schon schaffen, Jeff", sagte sie leise. Er war zwar nicht überzeugt, aber er dachte weiter über sie nach, als sie gegangen war. Er spürte noch immer ihre kühle Hand auf der seinen und war froh, daß sie miteinander gesprochen hatten. Die Gefahren vom Topas lagen noch vor ihm, sie waren noch genauso wirklich wie vorher, aber irgendwie verursachten sie ihm nicht mehr so viel Kopfzerbrechen.

Ty kam, um ihn abzulösen, und Jeff ging in die Kabine hinunter, um sich auszuruhen. Als er zurückkam, waren die Plejaden bloß noch ein blasser grauer Fleck auf dem rückwärtigen Spiegel. Er glitt in den Pilotensitz und beobachtete die grauen Flecken, die in dem Neutrinoskop schwach auf dem Vorderspiegel auftauchten.

„Da vorne!" Er packte Ty beim Arm und deutete auf einen kaum erkennbaren grauen Punkt. „Da ist der Topas!"

Jeff drehte das Schiff und der Topas tauchte aus dem Nebel entfernter Sterne deutlich auf. Er wurde größer, und um ihm näher zu kommen, verlangsamte Jeff den Flug so lange, bis der helle graue Schein alles andere von dem Vorderspiegel verdrängte. Aber die Cockpitfenster blieben finster, denn noch befanden sie sich auf dem X-Raumflug.

„Ich habe darüber nachgedacht, wie wir aus dem X-Raum tauchen können", sagte Ty. „Jeder Stern hat eine Menge Zeug drumherum. Ich meine Planeten, Staub oder Gas. Je näher man zu den Sternen kommt, desto dichter wird das. Um sicherzugehen, daß wir mit nichts zusammenstoßen, sollten wir in ziemlicher Entfernung vom Topas auf dieser Seite austreten."

Jeff schüttelte den Kopf. „Aber das hat auch seine Schattenseiten."

„Ich weiß", sagte Ty. „Wenn wir zu früh austreten, müssen wir zu lange im normalen Weltraum fliegen, bis wir die Planeten erreichen. Wir würden zuviel Zeit beim Langsamflug vergeuden. Wir würden zwar bei geringer Geschwindigkeit vor dem Staub sicher sein, aber andererseits eher in Gefahr, mit etwas Größerem zusammenzustoßen – Splitter, die zu klein für unser Auge sind, um sie rechtzeitig zu erkennen, die aber stark genug sind, um unser Schiff zu beschädigen."

„Eine schwere Entscheidung", sagte Jeff.

„Wir müssen das Risiko einer zu frühen Geschwindigkeitsreduzierung gegen das einer zu späten abwägen." Ty blickte dem grauen Fleck auf dem Vorderspiegel finster entgegen und versuchte, sich zu entscheiden. Plötzlich richtete er sich auf. „Wir werden eine Billion Meilen vorher abstoppen." Nachdem er seinen Entschluß gefaßt hatte, fühlte er sich wohler.

Er wandte sich Jeff zu: „Dein Bruder hat den Topas von der selben Richtung angeflogen", sagte er. „Er hatte dieselben Überlegungen anzustellen. Vielleicht hat er sich genauso entschieden. Wenn wir nur ein bißchen Glück haben, müßten wir in einer annehmbaren Entfernung von ihm aus dem X-Raum auftauchen."

„Es ist fast soweit", sagte er einen Augenblick später. „Es ist besser, du sagst Lupe vorher Bescheid."

Ty nahm auf dem Pilotensitz Platz und Jeff kletterte die Leiter zur Kabine hinunter. Summer war aus seinem Kokon herausgekommen und lag auf Lupes Schoß. Er nuckelte gerade eine Tube von Tys Rasiercreme aus. Lupe mußte lächeln, als sie Jeffs verdutztes Gesicht sah. „Summer lebt von Ölen. Aber er kann das Wachs nicht ausstehen, das irgend jemand für ihn eingepackt hat. Er sagt, Rasiercreme schmeckt viel besser."

„Wir tauchen jetzt aus dem X-Raum", sagte Jeff. „Ich glaube, es ist besser, wenn ihr euch anschnallt."

Summer winselte und hielt sich an Lupe fest, bis sie ihn in seinen braunen Kokon geschoben hatte. Lupe wollte über ihn gebeugt stehen bleiben, aber Jeff veranlaßte sie, ihren Stoßsitz einzunehmen. Er machte ihren Sicherheitsgurt fest und stieg zurück ins Cockpit.

„Also los!" Ty grinste Jeff an. Ohne zu zögern, zog er den Hebel des Massenzerlegers fest an. Die Sterne im Neutrinoskop flackerten und erloschen, als das Schiff zu langsam wurde, um die Neutrinos einzufangen. Für ein paar Sekunden konnte Jeff nichts sehen außer dem schwachen Schimmer der Instrumententafel. Dann brach das Licht des Topas wie eine Explosion durch die Fenster des Cockpit. Als das Schiff an Geschwindigkeit verlor, schien es zu taumeln und abzusinken.

„Schau nur!" Tys Stimme war vor lauter Aufregung nur noch ein heiseres Flüstern. „Da ist der Topas!"

Das plötzliche Leuchten des Sterns vor ihm schmerzte. Er schützte seine Augen mit der Hand, blinzelte, und dann vergaß er alles andere.

Er starrte den Stern an und vergaß dabei sogar seine Furcht.

„Schau dir diesen Ring an!" sagte Ty. „Ein Ring liegt um den Stern!"

Der Topas war ein riesiger blauer Stern. Er erschien Jeff etwa ein Fünftel so groß wie die Sonne, aber er wußte, daß er noch zehnmal so weit entfernt war, wie er normalerweise die Sonne sah. Jeff schätzte, daß er in Wirklichkeit ungefähr zweimal so groß sein würde. Er hatte auch keine erkennbaren Planeten.

Statt dessen hatte er einen Ring – einen riesigen Pfannkuchen von weißem Licht, der in den seltsam dunklen Himmel hineinleuchtete, den nur Ben und seine Mannschaft vor ihnen gesehen hatten. Der Topas hing in der dunklen Mitte dieses Pfannkuchens.

„Wie beim Saturn", flüsterte Jeff. „Wie die Ringe von unserem Saturn."

Aber Ty hörte überhaupt nicht zu. Er saß weit vorgebeugt über den Kontrollinstrumenten und schaute von ihnen immer wieder auf zu der blauen Lichtflut des Topas. Er kämpfte um das Leben ihres Raumschiffes. Er zog den Hebel des Massenzerlegers zurück, weiter, weiter, immer noch mehr, bis zum Anschlag.

Das waren die Augenblicke größter Gefahr. Es gab keinen Leuchtturm, der sie leiten konnte, keine gekennzeichnete Eintrittszone. Sie flogen in den unbekannten Raum hinein, viel zu schnell, um irgendeiner Gefahr ausweichen zu können.

Jeff erinnerte sich an die Energiegesetze, die er in der Raumfahrtschule gelernt hatte. Die Energien, die beim Zusammenstoß frei wurden, veränderten sich zur Geschwindigkeit im Quadrat, und somit auch der Schaden. Ob jetzt ein Schläger mit einem Ball zusammenstieß, ein Auto mit einem Lastwagen oder ein Schiff mit einem Felsen, die Gesetze blieben dieselben. Die zweifache Geschwindigkeit bedeutete vierfache Energie, also viermal so großen Schaden. Hundertfache Geschwindigkeit bedeutete zehntausendmal so großen Schaden. Ein Stein genügte, um ihr Schiff zu zerschmettern.

Jeff hörte das Geräusch der Düsenpumpen, die einen Magnetschirm um ihr Fahrzeug aufbauten, der kleinere Flugobjekte bei normaler Geschwindigkeit ablenken konnte.

Jetzt flog das Raumschiff nur noch mit halber Lichtgeschwindigkeit, aber es war immer noch zu schnell. Jeff beobachtete die rote Nadel auf dem Armaturenbrett, die langsam auf den Punkt zurückfiel, bei dem auf der Skala ‚Normale Masse' stand. Erst wenn die Nadel den Punkt erreicht hatte, würde auch ihre Geschwindigkeit wieder normal sein. Dann würde auch der Magnetschirm wirksam.

Zahlen schossen wie Alarmzeichen durch Jeffs Kopf. Die halbe Lichtgeschwindigkeit bedeutete, daß man 93 000 Meilen in der Sekunde zurücklegte. Das konnte man durch zehntausend teilen. Man kam dann auf 9 Meilen pro Sekunde. Zehntausend mal zehntausend war einhundert Millionen. Beim Abbremsen auf 9 Meilen in der Sekunde konnten sie den Schaden um das Millionenfache verringern.

„Zehn Sekunden . . ." Jeff begann lautlos die Sekunden zu zählen, die die rote Nadel noch brauchen würde, um den Bereich ‚Normale Masse' zu erreichen. „Acht . . ."

„Jeff?" Er zuckte zusammen, als Lupe ihn ansprach. „Das ist also der Topas!" Sie hatte ihren Stoßsitz verlassen und war ins Cockpit hinaufgestiegen. Sie starrte wie gebannt auf den Stern mit dem hellen Ring.

„Geh lieber wieder 'runter", flüsterte er. „Noch sind wir nicht in Sicherheit."

„Aber, ich dachte . . ." Sie stieg die Leiter wieder hinunter.

„Drei . . ." Jeff sah auf die sinkende Nadel.

„Zwei . . ."

Bumms!

Im ersten Augenblick glaubte er, die Motoren hätten eine Fehlzündung gehabt. Aber die alten Motoren konnten wohl kaum an dem heißen roten Blitzstrahl schuld sein, der ihn erreicht hatte, oder an dem scharfen Pfeifen, das ihm in den Ohren dröhnte. Die Luft dröhnte förmlich, als er wieder hören konnte. Er blinzelte und dann sah er das Loch, das gerade über Tys Kopf in den Rumpf gerissen worden war.

Ihre Atemluft strömte in den leeren Weltraum. „Wir haben ein Leck!" Der Gedanke traf ihn wie ein Schlag.

Aber er wußte, was zu tun war. Er riß die orangefarbene Plombierpistole hinter seinem Sitz von der Wand, zielte auf das schwarze Loch und drückte ab. Eine dicke schwarze Blase von Plombierschaum kam heraus und flog in das Loch.

„O nein!" murmelte er. „Das Loch ist zu groß!"

Aber die Schaumblase blieb an dem ausgezackten Metall um die Öffnung hängen. Der Luftdruck preßte sie auseinander. Einen Augenblick später hörte das Dröhnen auf. Das Loch war plombiert. Jeff atmete auf und schaute auf die rote Nadel. Sie zeigte NORMALE MASSE an. Jetzt würde sie der Magnetschild schützen.

„Du hast's geschafft!" Er lehnte sich in seinem Sitz zurück und drehte sich zu Ty um. „Jetzt sind wir sicher . . ."

Die Worte blieben ihm im Hals stecken, als er Tys Gesicht sah. Das Grinsen war unter einer roten Schicht erstarrt. Tys halbes Gesicht war blutüberströmt.

„Ich glaube, wir sind jetzt aus dem X-Raum heraus." Tys Stimme klang ganz schwach. „Aber jetzt bist du der Pilot, Jeff. Ich kann nicht mehr sehen."

„Hier spricht Ben Stone . . ."

Jeff stellte das Raumschiff auf Automatik um und griff nach der Bordapotheke unter seinem Sitz. „Wir machen erst einmal einen Notverband", sagte er zu Ty. „Nachher verarzten wir dich unten in der Kabine."

„Das kann warten", unterbrach Ty mit leiser Stimme, „bis wir die genaue Ziellinie wissen."

„Wir laufen jetzt auf normaler Masse", sagte Jeff. „Während wir uns um dich kümmern, können wir uns auf den Schutzschild verlassen."

Er öffnete den Verbandskasten.

„Was hat uns getroffen?" Lupe steckte ihren Kopf durch die Luke. „Summer geht es gut", sagte sie. „Er hat jetzt wieder Verbindung mit seiner Bruder-Schwester auf der Mondbasis, und der Admiral möchte wissen, was . . ."

Dann sah sie Tys Kopf.

„Oh! Das habe ich nicht gewußt." Sie faßte das Geländer so fest an, daß ihre Handknöchel weiß wurden.

„Tut es sehr weh, Ty?"

„Es tut weh." Ty versuchte zu lächeln.

„Summer kann dir helfen." Sie blickte Jeff hilfesuchend an. „Wir müssen ihn in die Kabine schaffen, da hat Summer mehr Platz zum Arbeiten."

Jeff sah sie scharf an. „Ist Summer Arzt?"

„Er ist ein Teil des Vielfachwesens", sagte sie. „Der übergeordnete Verstand kann mit seinen Augen sehen und seine Hände führen. Er kann alles, was jeder einzelne Schwester-Bruder je gelernt hat. Darum taugt Summer wohl mehr als die meisten Ärzte."

Jeff schüttelte den Kopf. „Wir können nicht herumexperimentieren. Es geht um Tys Augen."

„Es ist die einzige Chance, die uns bleibt", unterbrach ihn Ty. „Hilf mir die Leiter 'runter."

Jeff führte ihm die Hände zum Geländer. Als sie in der Kabine ankamen, halfen sie ihm in einen Stoßsitz und schnallten ihn an. Sein Gesicht wurde grau unter dem geronnenen Blut. Summer war nicht in seinem Kokon. Seine riesigen Augen und sein Fell hatten wieder eine sanfte Goldfarbe angenommen. Mit den drei Fingern seiner flinken kleinen Hände ergriff er den Verbandkasten, den Jeff trug. Er beugte sich über Ty. Dann lehnte er sich plötzlich noch weiter vor, und seine goldenen Augen beleuchteten die Wunde wie zwei Scheinwerfer. Sein schrilles Jaulen erschreckte Jeff.

„Ty ist schwer verletzt", sagte Lupe. „Summer sagt, er wurde von einem Laserstrahl getroffen."

„Meinst du von einem Signalstrahl?"

Summer pfiff wieder, diesmal nicht ganz so schrill. „Laserstrahlen sind Bündel von Lichtwellen, die alle gleichförmig sind", sagte Lupe. „Dieser Strahl besaß das Millionenfache an Energie, das ein Signal benötigt. Er hat das Loch in den Rumpf gerissen. Ein Metallsplitter hat Ty im Gesicht getroffen, aber der Lichtstrahl hat seine Augen verbrannt."

„Ich habe einen roten Blitz gesehen." Jeff starrte Summer an. „Und Bens letzte Nachricht lautete, er stehe unter Laserbeschuß. Was ich nicht begreife, ist, wieso sie uns schon so früh treffen konnten."

„Als wir aus dem X-Raum austraten –" Tys Flüstern war schwach und gequält, „und ins Licht zurückkamen, hat unser Schiff eine Lichtexplosion verursacht. Das kann man etwa mit dem Überschallknall von Düsenflugzeugen vergleichen. Die Felsspringer ... müssen die ... Lichtex ... plosion ... gesehen haben."

„Also haben sie auf uns gewartet", sagte Jeff.

„Irgendwo in der Nähe. Sie haben uns in der ersten Minute angegriffen, lange bevor unsere Lichtexplosion den Ring oder den Stern erreicht hatte."

„Irgend jemand da draußen ... scheint uns ... nicht leiden zu können." Ty atmete schwer und Jeff hörte, wie er die Zähne vor Schmerz zusammenbiß.

„Wahrscheinlich werden sie uns wieder angreifen, sobald sie sehen, daß wir uns bewegen."

„Damit werden wir uns später beschäftigen", erklärte Jeff. „Jetzt werden wir uns erstmal um dich kümmern."

„Summer soll den Admiral rufen", keuchte Ty. „Sag ihm ... sag ihm, wie die Springer auf uns geschossen haben. Daß sie uns nicht vorher gewarnt haben. Daß sie sich nicht entschuldigt haben. Frag ihn, wie er jetzt zu seiner Politik des Friedens steht!"

„Der Admiral weiß schon Bescheid", sagte Lupe. „Er hat keine speziellen Anweisungen für uns. Er sagt, er überläßt es uns. Aber er hält an seiner Politik fest. Er will, daß wir die Felsspringer finden und mit ihnen Frieden schließen."

„Die Schwierigkeit ..." Tys Flüstern erstarb und kam dann zögernd wieder. „Die Schwierigkeit ist bloß ... daß sie uns zuerst gefunden haben." Dann lag er bewegungslos da.

Summer beugte sich über ihn und pfiff Lupe etwas zu. „Summer weiß noch nicht genau, was er tun kann", sagte sie. „Aber es wird weh tun, wenn er die Wunde untersucht. Summer sagt, wir sollten Ty etwas geben, damit er schlafen kann, aber im Verbandskasten ist nichts Derartiges."

„Ich kann schon was aushalten", flüsterte Ty. „Warte mal", schaltete Jeff sich ein, „können wir es nicht mit einer Tiefschlafspritze versuchen?"

Summer unterhielt sich mit Lupe.

„Summer hat schon vom Tiefschlaf gehört", sagte sie. „Er möchte mehr darüber wissen."

„Er ist erfunden worden, um solchen Menschen überleben zu helfen, die Raumunfälle haben", erklärte Jeff. „Er reduziert das Leben bis an die Grenze des Todes. Im Tiefschlaf braucht der Mensch weder Nahrung noch Wärme; nicht einmal Luft. Man wacht wieder auf, wenn man rechtzeitig behandelt wird."

Summer pfiff eilig und Lupe sagte: „Er möchte das Mittel sehen."

Jeff zeigte Summer ein versiegeltes grünes Päckchen im Verbandkasten, dann brach er das Siegel auf und holte eine kleine Spritze und einen Zeitmesser heraus.

„Die Spritze hat Stundenmarkierungen", erklärte ihm Jeff. „Du stellst den Schieber auf das Gewicht des Patienten ein. Die geringste Dosis reicht für drei Stunden Tiefschlaf. Die gesamte Dosis wirkt tausend Stunden. Das ist das Höchstmaß. Der Zeitmesser zeigt an, wann das Gegenmittel gegeben werden muß."

Summer zwitscherte etwas.

„Er glaubt, das könnte klappen", sagte Lupe. „Das heißt, wenn Ty damit einverstanden ist."

Ty machte sich an seinem Sicherheitsgurt zu schaffen,

er versuchte angestrengt, sich im Stoßsitz aufzurichten. Er sprach viel zu laut, das Gesicht zur Wand gerichtet.

„Jeff?“

„Ja, Ty.“

„Sag Summer, er soll loslegen.“ Er verstummte, und Jeff sah Schweißperlen auf seinem Gesicht.

„Jeff?“

„Hier bin ich, Ty.“

„Du übernimmst das Kommando, bis ich aufwache.“

Ty sank kraftlos in seinem Sitz zurück. Er hob langsam die Hand und suchte Jeffs Schulter. Er hielt ihn mit eiskalten Fingern fest. Alle warteten.

Summer brummte Lupe einige Zeit etwas zu. Sie sprühten ihre Hände ein, um sie zu säubern. Sie besprühten auch die Wunde. Summer gab Ty vorsichtig eine Injektion mit dem Tiefschlafmittel. Tys Hand auf Jeffs Schulter wurde steif, begann zu zittern und fiel plötzlich hinab.

Jeff sah zu, als Summer anfing zu operieren. Sein Fell und seine Augen waren wieder leuchtend blau. Seine winzigen Hände schienen schnell und sicher vorzugehen. Er benutzte die Instrumente aus der Bordapotheke, als kenne er sie ganz genau.

Lupe assistierte ihm. Zu Anfang sah sie blaß und schwach aus. Einmal fiel ihr ein rosa Wattebausch herunter. Aber Summer schnurrte ihr weiter zu, was er als nächstes brauchte. Bald arbeitete sie ruhig; sie war viel zu beschäftigt, um an irgend etwas anderes zu denken. Als Jeff sah, daß er nicht mehr gebraucht wurde, stieg er wieder ins Cockpit zurück. Wenn er den Rettungsauftrag als Kommandant des Schiffes weiter durchführen wollte, würde es für ihn noch manches Problem zu lösen geben. „Wer waren bloß diese ‚seltsamen Lebewesen', die Ben hier vorgefunden hatte? Wo mochten sie leben, wenn Topas keine Planeten hatte? Warum hatte Ben sie Felsspringer getauft? Wieso hatten sie ihn angegriffen?"

Jeff fragte sich auch, ob der Admiral sich geirrt hatte, als er Lupe und Summer aussandte, um Frieden zu schließen. Sollte die Erde nicht vielmehr Kampf-Raumschiffe durch den X-Raum schicken, um die Springer zu vernichten, bevor sie einen Weltraumkrieg auf die Erde tragen konnten?

Das Schiff war immer noch auf automatische Steuerung geschaltet und glitt in langsamem Flug dem Topas entgegen. Die Pumpen arbeiteten noch immer ruhig und gleichmäßig, wie ein großes, langsam schlagendes Herz –, aber der Schild, das wußte er, bot keinen Schutz gegen Laserstrahlen. Aus welcher Entfernung mochte der Schuß gekommen sein? Auf der Erde gab es keine Waffe irgendwelcher Art, mit der man ein so kleines Zielobjekt treffen konnte, wie es ihr Schiff schon eine Minute nach Zündung des Triebwerkes war. Waren am Ende die Waffen der Springer denen des Admirals Serov an Reichweite und Kraft weit überlegen? Solange Ty im Tiefschlaf lag, mußte Jeff die Antwort zu diesen Fragen schon selbst finden.

Er setzte sich auf den Pilotenplatz und untersuchte die Plombe, mit der er das Loch verschlossen hatte. Der dicke schwarze Schaum war schon hart. Es gab kein Leck mehr. Aber ein weiterer Schuß konnte mehr Unheil anrichten. Als er hinausblickte, stockte ihm der Atem. Der Himmel war etwa zur Hälfte in staubiges Schwarz getaucht. Die übrige Fläche wurde vom Topas und seinem Ring ausgefüllt. Die riesige blaue Sonne mit ihrem weitleuchtend weißen Ring sah wunderschön aus. Aber er wußte, daß in diesem fremden Himmel Gefahr lauerte.

Der Schutzschild deutete auf keine unmittelbare Bedrohung.

Doch es war wohl noch nicht an der Zeit, den tödlichen Schuß vom Ring aus auf sie abzufeuern.

Irgend etwas wartete da draußen – in größerer Entfernung. Ein seltsames Gefühl breitete sich in Jeffs Innerem aus. Er wußte nicht, wie er das verschollene Raumschiff ausfindig machen sollte. Selbst wenn es unbeschädigt wäre, selbst wenn die Felsspringer ihm erlauben würden, danach zu sehen. In dem ganzen unbekannten Weltraum um den Topas glich Bens Schiff einem Körnchen Staub. Jeff konnte mit bloßem Auge etwas von dieser Größe höchstens in etwa hundert Meilen Entfernung erkennen. Der Laserschirm vermochte es auf eine Entfernung von zehntausend Meilen aufzuspüren. Die äußerste Kante des seltsamen Ringes war jedoch immer noch einige zehn Millionen Meilen entfernt.

Die Zahlen brachten ihn durcheinander. Selbst eine Million Meilen waren noch tausend mal tausend Meilen. Eine Milliarde Meilen waren tausend Millionen. Als er versuchte, diese Zahlen zu begreifen und sich vorzustellen, welche Entfernungen sie bedeuteten, kam er sich wie ein winziges Insekt vor, das in einem riesigen Netz gefangen saß.

Er versuchte immer noch, sich einen Plan auszudenken, als Lupe hinter ihm die Leiter heraufkam. Ihr Gesicht wirkte angestrengt, aber ihre Augen strahlten.

„Wir sind fertig“, sagte sie ihm. „Ty ging es doch schlechter, als Summer erst angenommen hatte. Die Verletzung ging hinter den Augen weiter, in die Nerven hinein. Summer hat ihm eine weitere Tiefschlafspritze gegeben, deren Wirkung anhält, bis das Gewebe verheilt ist. Wir haben den Zeitmesser auf hundert Stunden gestellt.“

„Wird er wieder sehen können?“

„Summer ist nicht sicher“, sagte sie traurig und leise. „Er hofft, daß die Augennerven heilen, aber er hat noch nie eine solche Operation an einem menschlichen Wesen vorgenommen. Wir werden es erst wissen, wenn wir Ty aufwecken und den Verband abnehmen.“

„Wir brauchen ihn jetzt dringend.“

„Ich weiß“, sagte Lupe. „Wir haben dem Admiral zum Mond Bericht erstattet. Summer sagt, er sorgt sich um uns. Er möchte keine Anweisungen geben, weil er nicht dabei ist, aber er möchte alles wissen, was hier vorgeht. Er hat ein paar Fragen an dich.“

„Bitte“, sagte Jeff.

Lupe pfiff und Summer kam die Leiter heraufgerannt. Er war jetzt quicklebendig wie ein Äffchen, schnatterte, sprang in den leeren Sitz neben Jeff und betrachtete den Topas. In dem blauen Schein des Sterns wurden seine großen Augen strahlend grün.

„Der Admiral möchte von dir eine Beschreibung des Topas“, sagte Lupe.

„Er ist doppelt so groß wie unsere Sonne.“ Jeff versuchte, seine Angaben so exakt zu machen, daß der Admiral sie auch gebrauchen konnte. „Planeten haben wir nicht gefunden. Das Material, das eventuell Planeten bilden könnte, ist noch um den Stern herum verteilt, in einem Ring, der ungefähr dem des Saturn gleicht. Genauer gesagt", fügte er hinzu, „besteht der Ring aus drei einzelnen Ringen. Wir können zwei schwache Kreise erkennen, die ihn unterteilen. Falls es hier Planeten gegeben hätte, so wären es wahrscheinlich drei geworden."

„Das Ringsystem breitet sich etwa eine Milliarde Meilen um den Topas herum aus", fuhr er fort. „Somit ist es etwas kleiner als unser Sonnensystem. Wir sind oberhalb des Ringbereiches aus dem X-Raum ausgetreten. Im Moment sind wir ungefähr sechzig Millionen Meilen von der Außenseite des Rings entfernt."

„Der Admiral will wissen, woraus der Ring besteht."

„Aus Staub, nehme ich an", sagte Jeff. „Vielleicht sind es auch Eiskristalle. Es ist ein Stoff, der sich nie zu Planeten verbunden hat. Bei der jetzigen Entfernung zeigt der Schirm noch keine Einzelteile an."

„Er fragt, ob wir irgendeinen Platz ausfindig gemacht hätten, an dem Leben möglich sei."

„Keinen außer dem Ring selbst", sagte Jeff. „Wenn das Leben hier auf einem Ring statt auf einem Planeten entstanden ist, weiß ich nicht, welche Formen es angenommen haben könnte. In der Nachricht meines Bruders war die Rede von Felsspringern. Ich weiß nicht, was das sein soll."

Summer pfiff.

„Der Admiral hat deinen Bericht verstanden", sagte Lupe. „Jetzt möchte er deinen Plan zur Durchführung der Rettung hören."

Jeff blickte finster und brauchte noch dreißig Sekunden, um sich eine Antwort zurechtzulegen.

„Wir werden als erstes unsere X-Raumstation aufbauen", sagte er. „Dann wird das Schiff leichter. Das hilft uns Treibstoff sparen und macht das Fahrzeug wendiger. Ich hoffe, daß Ben und seine Leute das Leuchtfeuer der Station sehen und uns ein Zeichen geben. Ich weiß keinen besseren Weg, um sie zu finden."

Summer stieß ein schrilles Zwitschern aus.

„Der Admiral hat deine Antwort verstanden", sagte Lupe. „Er vermutet, daß die Lebewesen des Topas das Aufstellen des Leuchtturms als feindliche Handlung auffassen, und er glaubt, daß du sie damit herausforderst, auf dich zu schießen."

„Ich meine, wir müssen das Risiko auf uns nehmen", antwortete Jeff. „Wir haben noch einen langen Weg durch den Weltraum vor uns, bevor wir den Ring erreichen. Mit der schweren Station beladen, sind wir unbeweglich und eine gute Zielscheibe. Wenn wir aber die Station aussetzen, ohne das Leuchtfeuer einzuschalten, würden wir sie nie wieder finden."

Summer summte wie eine gefangene Fliege.

„Der Admiral gibt keine weiteren Anweisungen", sagte Lupe. „Er wiederholt, daß du die volle Verantwortung trägst, will aber über alles informiert werden."

Summer stieß einen weiteren Pfiff aus.

„Summer hält nicht viel von deinem Plan", sagte Lupe. „Aber dem Vielfachwesen fällt kein besserer ein."

„Also werden wir es mit diesem versuchen", sagte Jeff. „Wir werden die Station absetzen und uns aus dem Staub machen. Vielleicht werden die Springer darauf schießen. Wenn sie es tun, bleibt uns eventuell noch eine Minute, bevor ihre Laserstrahlen hier ankommen. Halte scharf Ausschau, ob du etwas erkennen kannst." Er drehte einen Schlüssel auf dem Instrumentenbrett und drückte dann auf den Knopf, der das Absetzen der Station auslösen sollte. Das spitze Kopfstück des Schiffs löste sich. Die Station gewann an Energie, und die Maschinen erwachten zum Leben.

Auf der Außenseite breitete sich ein großes Netz aus, um Flugobjekte von der Eintrittszone fernzuhalten.

Auf der Seite der Station, die der weit entfernten Erde zugewandt war, begann der Neutrino-Leuchtturm sein Signal durch den X-Raum zu schicken; er war bereit, neue Schiffe von der Erde zum Topas zu leiten – falls es je andere Schiffe geben würde.

Auf der dem Topas zugewandten Seite begann der Turm zu blinken: orange und grün, orange und grün. Sein Blinken konnte bis zum äußeren Ring um den Stern wahrgenommen werden. Jeff wünschte, Ben könnte es sehen. Er wußte, es würde von den wartenden Springern gesehen werden.

Lautlos zählte er die Sekunden „Eins ... zwei ... drei ..."

Er hatte den Motor auf Hochtouren gestellt und drückte den Hebel des Massenzerlegers herunter. Von den vielen Tonnen befreit, die die Station gewogen hatte, schien das Schiff leicht wie ein Vogel. Sie schossen von dem blinkenden Turm weg.

„Fünf ... sechs ... sieben ..."

Er zählte, um zu wissen, wie weit die Springer entfernt waren. Das Licht des Leuchtturms brauchte ja auch Zeit, um sie zu erreichen, und der Laserstrahl würde ebenfalls Zeit brauchen, um zurückzukehren. Jede Sekunde bedeutete fast hunderttausend Meilen.

„Elf ... zwölf ... dreizehn ..."

Hinter ihrem Raumschiff leuchtete der Turm einmal rot auf statt grün. Ein kleiner gelber Feuerball wurde im schwarzen Raum sichtbar. Er verblaßte und erlosch. Der Turm hörte auf zu blinken. Obwohl Jeff das erwartet hatte, erschrak er, denn die Station war ein offenes Tor für den langen Weg zurück zur Erde. Nun war dieses Tor zu. Sie konnten nicht mehr zurück.

„Ein Blitz! Ich habe einen roten Blitz gesehen", Lupe zeigte auf einen entfernten Punkt. „Dort – genau über dem Ring des Topas."

Jeff nickte. „Das war der Laser. Dort leben die Felsspringer. Ich schätze, das sind eine Million Meilen von hier."

Summer schnurrte leise.

„Er meint, wir sollten in der Richtung weiterfliegen", sagte Lupe. „Er muß die Springer finden, um mit ihnen Frieden zu schließen."

„Ich habe nicht den Eindruck, daß sie uns viel Zeit für Friedensverhandlungen lassen", sagte Jeff, aber trotzdem lenkte er das Schiff jenem Punkt über dem Ring entgegen.

Das Raumschiff flog schnell. Sie hatten die Hälfte der Million Meilen zurückgelegt, als der Schirm einen weiteren Laserstrahl auffing. Summers strahlend blaues Fell verlor alle Farbe.

„Das ist kein neuer Angriff", erklärte ihm Jeff. „Der Strahl ist zu schwach, um uns schaden zu können."

Anders als die tödlichen Pfeile roten Lichts, die Ty geblendet und die Station ausgeschaltet hatten, kam jetzt ein ganz dünner Lichtstrahl, dünn wie der Schein eines sehr weit entfernten Sterns.

„Ein Signal!“ flüsterte Jeff. „Eine Stimme!“

Er beugte sich über den Schirm und versuchte das Signal zu verstärken und die Nebengeräusche auszuschalten. Endlich dröhnte eine rauhe, seltsam tonlose Stimme in das Cockpit; sie wurde von Zischen und Krachen begleitet.

„Raumfahrer Ben Stone ruft . . .“

Felsenregenbogen

Die rauhe Stimme brach plötzlich ab, so als ob der dünne Lichtstrahl abgeschnitten worden wäre. Seltsame Geräusche trommelten und heulten durch das Cockpit.

„Ben!“ Jeff sah Lupe an. „Er lebt noch.“

Eilig beugte er sich über den Schirm; er arbeitete wie wild, um den Lichtstrahl wieder einzufangen. Ohne Erfolg, man hörte nur Geräusche. Aber dann endlich kehrte die Stimme wieder.

„Raumfahrer Ben Stone an alle. Unser Schiff wurde mit Laserstrahlen beschossen. Wir haben Luft und Energie verloren. Wir befinden uns jetzt in den Felsen, die den Topas umgeben, und sind in einem Felsspringernetz gefangen . . .“

Dröhnende Geräusche übertönten die Stimme wieder. Jeff versuchte es noch einmal, aber außer krachenden, zischenden und kreischenden Lauten war nichts zu hören. Schließlich gab er auf.

„Was mag das bedeuten?“ flüsterte Lupe. „Was ist bloß ein Felsspringernetz?“

„Ich kann es mir auch nicht vorstellen.“ Als er den

glänzenden Ring um den Topas betrachtete, lief ihm ein kalter Schauer den Rücken hinunter.

„Immerhin", sagte er, „wir wissen jetzt, wo er ist. Wir können den Punkt mit Hilfe des Schirms ausmachen. Bens Stimme kam von der Außenseite des Rings – ungefähr 60 Millionen Meilen vor uns. Die Frage ist . . ."

Er unterbrach sich und sah Lupe an.

„Die Frage ist, wollen wir antworten?"

„Warum nicht?" fragte Lupe. „Wenn dein Bruder doch um Hilfe bittet?"

„Wer auch immer auf uns geschossen haben mag, er lauert sicher weiter unten auf uns", sagte Jeff. „Wenn wir die Energie verbrauchen, die nötig ist, um die 60 Millionen Meilen zurückzulegen, wird er sicher unseren Signalstrahl sehen. Ich denke, er wird schießen . . ."

Summer schnatterte plötzlich und zog sich von Jeff zurück.

„Sein Körper fürchtet sich." Lupe stellte sich hinter seinen Sitz und streichelte sein glänzendes Fell. „Aber der Verstand des Vielfachwesens sagt, wir könnten nicht Frieden machen, wenn wir uns verstecken."

„Mir ist allerdings auch nicht klar, wie wir Frieden machen können, indem wir sie auf uns schießen lassen", sagte Jeff.

„Aber ich bin immer noch der Ansicht, daß wir antworten sollen. Ich möchte, daß Ben weiß, daß wir hier sind."

Summer zupfte Lupe solange, bis sie sich zu ihm auf den Platz setzte. Er kletterte auf ihren Schoß und blinzelte sie an. Sein Fell wurde ganz dunkel.

„Raumschiff Topas B an Topas A." Jeff beobachtete

den Sekundenzeiger am Armaturenbrett. „Ben, wir sind auf dem Weg ..."

Bummms!

Irgend etwas explodierte. Ein roter Blitz blendete ihn für einen Augenblick, so daß er die Uhr nicht erkennen konnte. Im Cockpit breitete sich der Geruch von verbrannter Farbe aus und Summer begann zu winseln.

„Haben sie uns getroffen?" flüsterte Lupe.

„Das kann ich noch nicht sagen."

Jeff horchte, ob er irgendwo Luft ausströmen hörte. Als er wieder sehen konnte, schaute er schnell auf das Instrumentenbrett: Luftdruck normal. Energie normal. Massenzerlegung normal. Alles schien einwandfrei zu funktionieren, bis er merkte, daß das Geräusch der Pumpen aufgehört hatte. „Sie haben den Schutzschild getroffen", sagte er. „Aber wir können auch ohne ihn weiterfliegen – wenn wir Glück haben."

„Ob sie wieder schießen?"

„Ich wollte, ich wüßte es." Er sah auf die Uhr. „Sie haben uns etwa sechs Sekunden nach dem Aufleuchten unseres Strahls getroffen. Das würde bedeuten, sie sind noch immer ungefähr eine halbe Million Meilen von uns entfernt."

„Was machen wir jetzt?"

„Ben ist da unten zwischen ihnen", sagte Jeff. „Wir müssen also weiter."

Summer zwitscherte etwas. Er hielt sich an Lupe fest und klammerte sich mit seinen dünnen Ärmchen an ihren Hals. Seine Augen waren strahlend grün, und er sah Jeff an.

„Falls du Angst hast – ich habe auch welche." Jeff versuchte es mit einem mißglückten Grinsen. „Ich glaube, wir haben allen Grund zur Furcht. Die Erde hat keinerlei Waffen, um ein fliegendes Raumschiff aus einer halben Million Meilen Entfernung zu treffen – nicht mal aus einem Zehntel davon."

Er sah Lupe an.

„Falls die Felsspringer in den X-Raum gelangen – falls sie in ‚Sonnenbasis' eindringen – dann haben sie alle unsere Planeten in der Hand. Ohne sich selbst in Gefahr zu begeben, können sie uns vernichten."

Summer zirpte ängstlich.

„Er sagt, wir müssen weiterfliegen", sagte Lupe, „denn wir sollen ja Frieden machen."

Sie setzten den Flug fort. Jeff drückte den Hebel des Massenzerlegers möglichst weit nieder, um Masse in Geschwindigkeit umzuwandeln. Er hoffte, daß man sie nicht treffen würde. Abwechselnd sah er von der Uhr zum Schirm und erwartete den nächsten Schuß.

„Jetzt sind wir da!" Er blickte Summer an: „Wenn du jetzt Frieden machen willst, bitte, wir sind jetzt an der Stelle angekommen, von der aus sie uns beschossen haben."

Jeff suchte den Weltraum ringsumher ab, aber er sah nichts als staubfarbene Dunkelheit und die Ringe des Topas. Der Schirm zeigte nichts an.

Lupe senkte die Stimme. „Wo mögen sie jetzt sein?"

„Das ist schwer zu sagen." Jeff runzelte die Stirn. „Wir können nicht weit genug sehen. Sie haben so schrecklich viel Platz, um sich zu verstecken, bevor sie auf uns schießen."

„Was nun?"

„Wir machen weiter", sagte Jeff. „Wir werden Bens Schiff in dem Springernetz suchen."

Summer bewegte sich auf Lupes Schoß. Sie summte leise, hielt den kleinen Fremdling ganz fest und lächelte Jeff an. Er drückte den Hebel für die Massenzerlegung noch weiter.

„Wenn wir getroffen werden, werden wir eben getroffen." Er lächelte zurück. „Ohne unseren Schutzschild sind wir bei doppelter Geschwindigkeit genauso sicher."

Das stimmte nicht ganz. Bei doppelter Geschwindigkeit würden sie mit doppelter Wucht auf Meteoriten prallen, und jeder, mit dem sie zusammenstießen, würde den vierfachen Schaden anrichten. Lupe wußte das ebenso gut wie Jeff, aber keiner von ihnen sagte etwas.

Sie bewegten sich unaufhaltsam dem hellen, leuchtenden Rand des äußeren Rings entgegen. Lupe und Summer gaben dem Admiral pausenlos Lageberichte durch. Lupe stellte Jeff Fragen und las Summer das Logbuch vor. Sie fertigte Skizzen von den Angaben der Instrumente an. Manchmal sprach sie englisch mit Summer, ein andermal redete sie in seiner Sprache. Sie gingen durch das gesamte Raumfahrzeug und beobachteten den Topas durch jedes Fenster hindurch, lasen Instrumente ab, stiegen die Leiter hinab, um nach Ty zu sehen, kletterte noch tiefer, um das Getriebe des Massenzerlegers zu inspizieren.

„Ich fürchte bloß, das alles hilft uns nicht auf die Spur deines Bruders." Lupe sah Jeff voller Mitgefühl an. „Aber der Admiral will, daß wir ihn finden, und was wir gelernt haben, das wird nicht umsonst gewesen sein."

Jeff hatte verstanden, was sie meinte. Er versuchte ebenso kühl und tapfer zu sein, wie Lupe erschien. Er beschleunigte sogar das Schiff noch etwas, mußte aber mit der Geschwindigkeit wieder heruntergehen, als er das Geräusch des Staubs hörte.

Zuerst war es nur ein Flüstern, ein Zischen, das von Tausenden von kleinsten Teilchen verursacht wurde, die gegen das Schiff prasselten. Teilchen von solcher Winzigkeit konnte der automatische Pilot nicht ausweichen. Das Flüstern wurde zum Geprassel, als zu viele Teilchen bei zu hoher Geschwindigkeit aufprallten.

Ihre Geschwindigkeit verwandelte jedes Körnchen zu einer kleinen Bombe, die an dem dicken Schild über dem Cockpit explodierte. In den gefährlichen Sekunden des Austritts, als sie fast Lichtgeschwindigkeit erreichten, hätte ein einziges Bröckchen das Schiff zerschmettern können. Aber auch jetzt waren sie in Gefahr, obwohl ihre niedrigere Geschwindigkeit die Kraft des Aufpralls verminderte.

Der Admiral verlangte einen weiteren Bericht –

„Der Staub scheint sich in Wolken zusammenzuballen", sagte Jeff. „Je näher wir an den Topas und seinen Ring herankommen, desto dichter werden sie. Wenn wir hier durchfliegen, tragen wir ein doppeltes Risiko: wenn wir zu schnell sind, könnten ein paar größere Teile den Schutzschild durchschlagen. Aber noch sind wir zu weit vom Ring entfernt. Wenn wir aber zu langsam fliegen, könnten wir für Ben und seine Leute zu spät kommen."

„Der Admiral hat den Bericht verstanden", übersetzte Lupe Summers Gezwitscher.

Sie flogen weiter auf den Ring zu.

Einmal übernahm Lupe die Kontrolle der Instrumente beim Flug durch die Wolken, damit Jeff ein wenig ausruhen konnte. Aber ein neuer Sandsturm brachte Jeff ins Cockpit zurück. Mit jedem Zischen und Krachen wurde er nervöser. Der Himmel erschien ihm wie ein fürchterlicher Abgrund. Von Zeit zu Zeit hatte er das unbestimmte Gefühl, daß das Schiff auf den strahlend blauen Mittelpunkt des Topas zustürzte.

Summer kam ins Cockpit, um Lupe Gesellschaft zu leisten. Er hatte sich eine Tube Rasiercreme mitgebracht. Er schwenkte sie Jeff lebhaft entgegen und verzog sein tief blaues Gesicht zu einem Grinsen.

„Er hat das aus deiner Raumtasche geholt", sagte Lupe, „und bittet dich, es essen zu dürfen."

„Nur zu, Summer." Jeff versuchte, ihn nicht auszulachen. „Ich freue mich, daß es dir schmeckt."

Summer kletterte auf Lupes Schoß und nuckelte an der Tube. Er drückte sie platt und leckte dann noch sorgfältig seine Finger und seine Lippen ab. Dann schnurrte er Jeff dankbar an.

„Er dankt dir vielmals", sagte Lupe. „Es war köstlich."

Bald schon war Summer auf Lupes Schoß eingeschlafen.

„Sein Geist ist so alt wie sein Volk." Lupe lächelte auf Summer hinab. „Selbst sein Körper ist älter als ich; er ist kein bißchen gewachsen, seit ich ihn kenne. Aber für ihn und sein Volk bedeutet Zeit nicht dasselbe wie für uns. In manchen Dingen ist er noch ein richtiges Baby."

Jeff beugte sich vor, um den Schirm besser überblicken zu können. Er zeigte nichts in der Nähe an, bloß den hellen Ring des Topas. Als er den Laser ausprobierte, war das Ergebnis eine neue Geräuschexplosion, und Summer schrie im Schlaf.

Schnell stellte er ihn wieder ab. Sie flogen gerade zwischen zwei Wolken hindurch und das Staubgeprassel hatte aufgehört. Es tat gut, ein wenig Ruhe zu haben und Lupe bei sich zu wissen. Er erzählte ihr, wie er sich von klein auf bemüht hatte, mit Ben Schritt zu halten.

„Ich fürchte manchmal, daß ich mich viel zu sehr mit mir selbst beschäftige anstatt mit Bens Rettung", sagte er.

Lupe schwieg einen Augenblick, betrachtete den Ring um den Topas und streichelte Summers glänzendes Fell.

„Das eigene Ich ist schon wichtig", sagte sie. „Aber ich glaube, ich habe eine andere Art von Ich. Vielleicht sollte ich besser sagen, ich hatte nie ein eigenes Ich."

Der Staub begann wieder zu flüstern. Jeff zog den Hebel für die Massenzerlegung zurück und wartete darauf, daß sie weitersprach.

„Schau, ich bin dort aufgewachsen, wo niemand ein Ich hat. Anders als auf der Erde. Summer war mein kleiner Schwester-Bruder. Unsere größeren Bruder-Schwestern zogen uns auf und lehrten uns, wie man sich benimmt. Aber alle gehörten sie dem einen großen Ich an."

Sie blickte Jeff prüfend an, um zu sehen, ob er sie verstanden hatte. Er war da selbst nicht so sicher, aber er nickte und wartete, daß sie es noch weiter erklärte.

„Summer hat manchmal ein Ich", sagte sie. „Weil er noch so jung ist. Aber wenn dieses Ich ihm Schmerzen bereitet, dann kann er immer in seinen Kokon zurück. Wenn er da drin ist, dann schläft sein Ich, er ist dann Teil des übergeordneten Wesens."

„Ich verstehe." Jeff nickte bedächtig. „Oder zumindest glaube ich es zu verstehen."

„Ich wollte eigentlich immer so sein wie sie", sagte Lupe. „Aber ich hatte keinen Kokon – ich bin einmal fast gestorben, als ich versuchte, in Summers Kokon zu kriechen, weil ich nicht mehr herausfand. Aber ich wußte natürlich, daß ich nicht so wie Summer und sein Volk war." Sie war ernst geworden. „Ich war nicht beschaffen wie sie. Ich konnte nicht denken wie sie. Ich hatte nicht an ihrem Verstand teil. Und ich konnte nicht lernen, so zu sein wie sie, Teil zu sein von einem großen gemeinsamen Ich, dem sie zugehörten."

Sie schwieg eine Zeitlang und biß sich auf die Lippen. „Aber andererseits war ich auch nicht wirklich Mensch." Sie blickte Jeff unverwandt an. „Meine Eltern waren schon tot, bevor ich anfing, denken zu lernen. Auf dem Planeten gab es kein irdisches Wesen außer mir. Bevor ich zwölf Jahre alt war, hatte ich nie menschliche Wesen gesehen. Ich wußte gar nicht, wie die aussahen."

Sie richtete sich auf und versuchte zu lächeln. „Natürlich hat es mächtigen Spaß gemacht, zur Erde zu fliegen, Menschen kennenzulernen und zur Schule zu gehen. Die Erde ist fast so herrlich wie die Welten des Opal." Sie schüttelte den Kopf und sah auf Summer herab. „Aber ich weiß eben manchmal nicht, wer oder was ich bin."

„Ich glaube, dir fehlt es an Ichbezogenheit", sagte Jeff. „Du hast nur gelernt, alles für deine Schwester-Brüder zu tun, aber nichts für dich selbst."

Nachdenklich schaute er auf den Topas hinunter.

„Vielleicht bin ich genau das Gegenteil", sagte er schließlich. „Vielleicht versuche ich auch deshalb dauernd, mit Ben gleichzuziehen – weil ich Selbstbestätigung suche. Ich wollte, ich wäre wie du."

„Das wollte ich damit nicht sagen", beeilte sich Lupe festzustellen. „Ich mag dich, so wie du bist."

Das war alles, was er noch hörte, denn er sah ein rotes Flackern auf dem Schirm. So schnell wie möglich versuchte er das Signal aufzufangen. Das Cockpit dröhnte von verschiedenen Geräuschen. Bens Stimme prasselte wie ein Graupelschauer aus dem Lautsprecher. „... an alle ... Wir haben Luft und Energie verloren. Wir befinden uns jetzt in den Felsen, die den Topas umgeben, und sind in einem Felsspringernetz gefangen ..."

Dann erstarb das Signal.

Jeff versuchte erneut, den Lichtstrahl einzufangen, der die Nachricht brachte, aber das Resultat war nur ein donnerähnliches Grollen. Er stellte den Lautsprecher ab und sah Lupe an.

„Ben weiß nicht, daß wir hier sind", sagte er. „Das war keine Antwort auf unsern Ruf. Es war derselbe Hilferuf wie vorhin. Ich glaube, wir müssen Ben noch einmal rufen."

„Aber wenn wir das machen, werden die Springer dann nicht wieder schießen?"

„Ich weiß es nicht." Er starrte hinaus in die Dunkelheit. „Wir sind jetzt fünfzig Millionen Meilen unterhalb des Punktes, an dem sie waren ..."

Summer wachte auf. Er blinzelte mit seinen grünen Augen zum Topas hin und winselte Lupe etwas zu.

„Er glaubt, daß uns die Springer verfolgen", sagte sie. „Er fürchtet, daß sie schießen. Aber er meint, wir sollten Ben trotzdem rufen."

„Warum sind die Springer hinter uns her?"

Summer zirpte irgend etwas.

„Er weiß es auch nicht“, sagte Lupe. „Er versteht sie nicht. Aber er sagt, wir müssen signalisieren.“

„Also macht euch fertig“, warnte Jeff. „Wer weiß, was dann passiert. Berichtet vorher noch dem Admiral.“

Summer piepste die Botschaft.

Dann sprach Jeff langsam und deutlich in das Mikrofon. „Ben, hier spricht Jeff . . .“

Er kam nicht zu Ende. Irgend etwas explodierte und das ganze Schiff bebte. Ein roter Bitz zuckte durch das Cockpit. Einen Augenblick war Jeff blind und taub. Dann dröhte es in seinen Ohren, und er konnte wieder Geräusche wahrnehmen, obwohl er noch nichts sehen konnte. Das ersterbende Geräusch, wie von einem sich abspulenden Spielzeug, kam von Summer. Der anwachsende Seufzer, der zum wilden Geschrei anschwoll, wurde von der Luft verursacht, die durch ein Leck strömte. Der Knall kam von der Tür, die den hinteren Teil des Raumschiffs abschloß.

„Sie sind in der Nähe“, flüsterte Jeff. „Wir sind schwer getroffen.“

„Bist du verletzt, Jeff?“ fragte Lupe.

„Ich kann im Moment noch nicht sehen“, antwortete er. „Alles erscheint grün. Wie steht es mit Summer? Ist er heil geblieben?“

„Ja“, sagte Lupe. „Er ist in seinen Kokon gekrochen.“

Jeff wischte sich die Tränen aus den Augen. Langsam konnte er wieder Formen erkennen. Er sah angestrengt auf das Armaturenbrett.

„Sie haben uns an zwei Stellen getroffen“, sagte er schließlich. „Ein Schuß beschädigte den Sender, und der andere hat die Energie ausgeschaltet.“

Er versuchte Lupe anzusehen, aber sie erschien ihm nur als blasser grüner Schatten. „Wir treiben jetzt ohne Kontrolle dahin."

Der grüne Schatten, den er sah, seufzte erschrocken. „Was können wir dagegen tun?"

„Du kannst die Instrumente beobachten und den Admiral auf dem laufenden halten", sagte er. „Aber versuch bitte erst, nach Ty zu sehen. Ich versuche derweil, die Energieversorgung wieder in Gang zu bringen. Die Sicherheitstür ist defekt. Ich kann im Weltraumanzug nach draußen gehen."

Er drückte ihr die Hand und kletterte rasch die Treppe hinunter. Ihm erschien immer noch alles grün, aber er tastete sich zur ersten Luftschleuse vor. Durch sein Training fühlte er sich hier wie zu Hause und brauchte nicht hinzusehen. Er quetschte sich in seinen Raumanzug, versiegelte den Helm und zog an dem Ring, der ihn in den Weltraum schleudern sollte. Der Riegel gab nach, und er wurde in den Raum geschossen.

Einen Augenblick lang glaubte er, wirklich blind zu sein, denn er sah nur Dunkelheit. Dann endlich erkannte er den schwachen Schimmer seiner Sicherheitsleine und folgte ihr.

Jeff wandte sich um und sah den Stern Topas, groß, blau und schmerzhaft für seine Augen. Der Ring glich einem erschreckenden Regenbogen, der sich in einer weißen Feuerkurve über dem staubfarbenen Himmel wölbte.

Als er den Topas so erblickte, kehrte seine alte Furcht für einen Augenblick zurück, aber es blieb ihm keine Zeit.

Er sah weg. Er drehte sich im Weltraum wie eine Katze im Fall, erreichte das Schiff und schwebte dicht hinterher.

Der Raumanzug war mit Düsen ausgerüstet wie ein kleines Schiff, aber jetzt brauchte er sie nicht. Ein Zug an der Sicherheitsleine bewirkte, daß er sich dem Schiff näherte. Dann entdeckte er einen häßlichen langen Riß am rückwärtigen Teil des Raumfahrzeuges.

Für die Plombierpistole war das Loch zu groß. Er mußte zur Luke zurück, um sich den Reparaturbeutel zu holen. Er arbeitete schnell und besprühte die Außenhaut des Raumschiffes entlang des Risses; dann rollte er einen langen Streifen Plombierstoff aus und brachte ihn wie einen Verband um das Schiff herum an.

Als der Streifen richtig haftete, kroch er durch die rückwärtige Luke wieder ins Schiff, um die Reparatur zu testen. Der Streifen hielt. Als der Luftdruck wieder normal war, stieg er aus seinem Raumanzug und begann, die Energieleitungen zu reparieren. Es dauerte lange, bis sie alle wieder funktionierten. Aber schließlich kam wieder Leben in das beschädigte Schiff. Kontroll-Lichter gingen an. Die Sicherheitsluke öffnete sich selbsttätig. Er stieg zurück ins Cockpit.

Lupe schrak zusammen, als er sie berührte. „Geht es Ty einigermaßen?“ fragte er.

„Ich weiß es nicht. Er gibt überhaupt kein Lebenszeichen von sich. Er macht mir richtig Angst, wie er so still daliegt.“

Jeff beruhigte sie. „Das ist der Tiefschlaf. Wenn er nicht von irgend etwas getroffen wird, kommt er schon wieder zu sich.“ Er geriet einen Augenblick in Panik, als er auf das Armaturenbrett blickte. Die Reparaturen hatten zu lange gedauert. Sie waren viel zu dicht am Ring des Topas und flogen zu schnell.

Er stürzte sich an Lupe vorbei in den Pilotensitz und riß den Hebel des Massenzerlegers zurück, um auf normale Geschwindigkeit zu schalten. Er stellte sämtliche Bremsaggregate ein.

Staub zischte und donnerte gegen den Schutzschild. Er versuchte, dem dichtesten Staub auszuweichen, und das brüllende Geräusch erstarb zu einem Flüstern, als das Schiff an Geschwindigkeit verlor. Der Ring wurde deutlich sichtbar.

„Wir krachen gleich mit dem Regenbogen zusammen!" schrie Jeff Lupe zu. „Summer soll dem Admiral sagen, woraus er besteht. Jedenfalls nicht aus Staub oder Eis, sondern aus Fels! Aus trockenem, zerborstenem Fels!"

Das Netz der Felsspringer

Der Schirm flackerte rot auf.

Jeff war zu sehr damit beschäftigt, das Schiff zu verlangsamen, so daß er es erst bemerkte, als Lupe ihn am Arm ergriff und hinzeigte. Dann fing er das Signal auf. Bens Stimme klang laut und klar.

„. . . Luft und Energie verloren. Wir befinden uns jetzt in den Felsen, die den Topas umgeben, und sind in einem Felsspringernetz gefangen . . ."

Das Signal verschwand plötzlich, aber Jeff hatte auf der Karte bereits festgestellt, von welchem Punkt der Funkspruch ausgestrahlt wurde. Er steuerte das Schiff in diese Richtung.

„Das ist immer noch derselbe Ruf.“ Er war beunruhigt und drehte sich zu Lupe um. „Ben scheint noch immer nicht zu wissen, daß wir hier sind.“

Summer kam die Treppe herauf und pfiff Lupe etwas zu. Er und Lupe waren nun in dauerndem Sprechkontakt mit dem Admiral.

Ein lautes Krachen stoppte plötzlich den Antrieb des Schiffes. Sie trieben steuerlos im Raum und befanden sich in gefährlicher Nähe der Wand aus fliegenden Felsen. Einen Augenblick lang hatte Jeff geglaubt, sie wären mit einem losgelösten Felsbrocken aus dem Ring zusammengestoßen. Er horchte gespannt, ob irgendwo Luft austrat, hörte aber nur Stille.

„Die Verstärker.“ Er sah auf das Armaturenbrett. „Die Verstärker, von denen der Admiral gesagt hat, wir müßten sie wie ein rohes Ei behandeln, sind hin. Ich muß versuchen, sie zu reparieren.“

Jeff kroch zum rückwärtigen Teil des Fahrzeuges. „Sie sind nicht mehr zu retten“, sagte er, als er wiederkam. „Wir haben weder Ersatzteile noch Werkzeuge, um sie zu reparieren.“

„Vom nächsten Ersatzteillager dürften wir reichlich weit entfernt sein“, Lupe gab sich alle Mühe, zu lächeln. „Was nun?“

„Ich wüßte nur noch eine Möglichkeit“, sagte Jeff. „Das Schiff läuft nicht mehr, aber die Düsen von meinem Raumanzug sind noch in Ordnung. Ich könnte Ben vielleicht so erreichen . . .“

„Und uns hier allein lassen?“

„Wir können doch nicht einfach abwarten, bis das Schiff in die Felsen kracht“, sagte er. „Wenn ich Ben finde

– falls er und seine Leute noch leben – vielleicht können wir dann seine Verstärker ausbauen. Vielleicht können wir mit seinen Ersatzteilen unser Schiff wieder flottmachen."

„Sei mal ganz ehrlich, Jeff!" flüsterte sie. „Haben wir überhaupt noch eine Chance?"

„Keine sehr große", sagte er, „aber wir können auch nicht einfach aufgeben."

Sie nickte langsam. „Ich glaube, du mußt es versuchen. Ich – ich werde mit Summer und Ty hierbleiben."

„Beobachte den Schirm", sagte er. „Bleib in Kontakt mit dem Admiral. So, wie das Schiff jetzt treibt, bleiben noch rund zehn Stunden, bis es in die Felsen kracht. Ich versuche, vorher zurück zu sein. Falls ich es nicht schaffe, sollten Summer und du besser das Tiefschlafmittel nehmen."

Er suchte das Päckchen und gab es ihr in die Hand. Sie nahm es, ohne hinzusehen.

„Und die Springer?" fragte sie mit zitternder Stimme. „Wenn sie uns angreifen . . .?"

Jeff hätte ihr gern gesagt, sie würden nicht angreifen, er hätte ebenso gern gesagt, er würde sie finden und Frieden mit ihnen schließen, so wie es der Admiral wollte. Aber er brachte kein Wort heraus. Er ließ sie im Cockpit zurück, ohne sich noch einmal umzusehen. Dann überprüfte er seinen Raumanzug und stieg hinein. Etwas später betätigte er die Schleudervorrichtung und wurde aus dem Schiff geschossen.

Er trieb dahin und fühlte sich klein und sehr einsam. Der halbe Himmel war pechschwarz. Die andere Hälfte bestand aus Felsen, die im hellen, kalten Licht des Topas strahlten. Erst sahen für ihn alle Felsen gleich aus, außer daß einige größer, andere kleiner waren. Alle waren scharfkantig. Er fiel ihnen entgegen und kalte Angst ergriff ihn.

Er schüttelte kräftig den Kopf in seinem Schutzhelm und versuchte, sein Gefühl für Masse, Kraft und Energie zurückzugewinnen. Jedes Felsstück, das wußte er, bewegte sich wie ein winziger Planet um den Topas herum. Wie ein Planet ohne Luft, ohne Wasser und jegliches normale Leben. Jeder Felsbrocken bestand aus Masse.

Als Jeff die Lage von dieser Seite betrachtete, fühlte er sich etwas besser. Jedes Felsstück war ein Einzelteil. Er wußte, wo er sich befand, und er kannte auch ziemlich genau die Stelle, von der aus Ben gesendet hatte. Er warf die Sicherheitsleine ab und steuerte jene Stelle an.

Sein Anzug flog wie ein Spielzeugschiff. Obwohl er keine Vorrichtung zur Massenzerlegung hatte, um die Geschwindigkeit zu erhöhen, kam er den Felsen schon bedenklich nahe. Das Raumschiff war nur noch als Silberfleckchen zu erkennen und verschwand dann ganz im Dunkel. Die Felsen wurden immer größer, sie ergossen sich aus dem Weltraum wie ein eisiger Wasserfall. Er suchte sie mit dem Laserstrahl in seinem Helm ab und hoffte, einen Ruf von Ben aufzufangen. Er brauchte dringend ein Signal, um das verlorene Schiff zu finden. Aber es kam keins. Er überlegte, ob er Ben rufen sollte. Der Sender war eine dicke schwarze Röhre, die an seinem Gürtel befestigt war und aussah wie eine schwere Taschenlampe. Einmal zielte er auf die Felsen und wollte gerade sprechen, als er sich eines Besseren besann.

Ben hatte auf seine früheren Signale nie geantwortet, und auf die Antwort, die die Springer gegeben hatten, legte er keinen besonderen Wert. Also schnallte er die Röhre wieder an seinem Gürtel fest und flog der blendendweißen Wand entgegen.

Sie war dünner, als Jeff vermutet hatte. Der Ring des Topas hatte ungefähr einen Durchmesser von zwei Billionen Meilen, von Rand zu Rand gemessen, aber er war höchstens zehn Meilen breit. Jeff konnte jetzt schon Flecken schwarzen Himmels durch die verstreuten Brocken zerborstenen Gesteins erkennen.

Er blieb außerhalb der wirbelnden Wand, auch als er schon ziemlich nah an der Stelle war, von der Ben gesendet hatte. Waren das aber wirklich dieselben Felsen? Er konnte das nicht auf ein Dutzend Meilen genau sagen. Außerdem hatte er keinen Anhaltspunkt dafür, wie tief Ben in den Ring vorgedrungen war.

Er suchte die Felsen ab; nach Ben, nach dem verlorenen Schiff, nach etwas, das aussehen konnte wie ein Netz. Er lauschte, hörte aber kein Signal. Er schirmte seine Augen gegen die blendende Helligkeit des Topas ab und blickte angestrengt durch das Glas seines Helmes. Aber das einzige, was er sah, waren Felsen, die wie zerborstenes Eis in einem endlosen Fluß um den riesigen blauen Stern rotierten.

Er wußte nur, daß er nicht aufgeben durfte.

Da man das Netz der Felsspringer nicht sehen konnte, mußte es tiefer in den Felsen liegen. Jeff tauchte in den seltsamen Fluß ein. Zersplitterte Felsstücke taumelten an ihm vorüber. Gesteinsbrocken erfüllten den dunklen Himmel hinter ihm. Die blaue Glut des Topas verblaßte zu einem kalten blauen Schimmer. Aber er sah immer noch kein Raumschiff.

Er flog weiter, hielt Ausschau nach einem Netz und lauschte nach Bens Stimme. Er wich fliegenden Stückchen von der Größe einer Gewehrkugel aus und umflog gleitende Felsen vom Ausmaß eines Hauses, bis sie im dunklen Weltraum seinem Blick entglitten. Jetzt war er schon weit durch die Wolken vorgestoßen, aber er hatte das verlorene Schiff noch immer nicht gefunden.

Plötzlich spürte er etwas wie einen elektrischen Schlag am Bein. Blaue Funken sprühten um ihn her. Er wollte sich befreien, aber es war nicht möglich. Er versuchte, sich in dem steifen Anzug vorzubeugen, und fand einen Draht.

Soweit er sehen konnte, zog sich ein leuchtender Strang, dünner als sein kleiner Finger, rechts und links von ihm entlang. Hin und wieder klebten Felsbrocken daran. Sie waren noch ein Stück weiter sichtbar als der Draht selbst.

Er taumelte und trat gegen den Draht. Noch mehr Funken sprühten um seinen Stiefel. Ein neuerlicher Schock traf ihn. Jetzt steckte sein Stiefel fest. Ohne zu überlegen, griff er mit der rechten Hand nach dem Draht, um sich zu befreien. Wieder sprühten Funken, der nächste Stromstoß traf seinen Arm. Der gepanzerte Handschuh steckte jetzt auch fest.

Er keuchte nach Luft und versuchte, das Ganze zu begreifen. Der Draht war eine Falle. Der elektrische Strom zog das Metall seines Raumanzuges an und hielt ihn fest. Er war gefangen, wie eine Fliege im Netz einer Spinne ... Das Felsspringer-Netz! Das war das Netz, in dem Bens beschädigtes Raumschiff gefangen saß! Im ersten Moment kam Jeff nichts anderes in den Sinn als die Frage, was das wohl für ein Geschöpf war, das ein metallenes Netz in eine Wolke von fliegendem Gestein wob, um seine Beute mit elektrischen Schlägen zu töten. Er drehte sich zitternd in seinem schweren Raumanzug um und schaute den Draht genauer an. Weiter weg sah er einen fliegenden Stein, der gegen den Draht schlug und abprallte. Das verwunderte ihn sogar in seinem Schockzustand. Warum prallte der Stein ab, während er selbst festsaß? Warum wurden andere Felsbrocken davon angezogen? Er verfolgte den Draht mit den Augen bis zum nächsten Stein und sah einen schwachen Metallschimmer. Das also war die Antwort!

Das Metall schmolz durch den Strom und blieb am Draht hängen. Einfaches Gestein nicht. Das Netz war also eine Art Werkzeug zum Aussondern wertvoller Metalle aus dem fliegenden Gestein, und es hatte ihn angezogen.

Jeff wand sich mit aller Kraft und versuchte, sich von dem glänzenden Draht zu befreien. Er trat mit dem Fuß und versuchte, den Handschuh zu öffnen. Das Ergebnis war, daß er sich selbst weh tat. Heiße Funken sprühten rings um ihn her und sein Körper wand sich vor Schmerzen, als die elektrischen Schläge ihn trafen. Er konnte nicht loskommen. Er klebte mit seinem Bein, einem Stiefel und einem Handschuh an dem Draht. Als die Stromschläge endlich aufhörten, hing er völlig ermattet an dem Draht. Er rang nach Luft, war schweißgebadet und es war ihm übel.

Er versuchte zu überlegen, was zu tun war. Eine Hand hatte er noch frei. Außerdem hatte er noch den Raumanzug und die ganze Ausrüstung. Der Treibstofftank für die Düsen war mehr als halbvoll. Vielleicht konnte er mit

Hilfe der Düsen freikommen. Er wollte es zumindest versuchen.

Wenn er die stoßsicher eingebauten Kontrollinstrumente in seinem Helm benützte, brauchte er nicht einmal seine Hände, um sie zu betätigen. Er drehte sich so, daß der Düsenstrahl ihn von dem Draht wegtragen mußte und drückte den Kinnknopf auf volle Kraft.

Die schwachblauen Düsenstrahlen stoben am Draht entlang, aber sonst geschah nichts. Er spürte nicht einmal einen neuen Stromschlag. Der Stoß der Düsen war viel zu leicht gewesen, so vermutete Jeff, als daß der Wächter des Netzes ihn überhaupt bemerkt hatte.

Er überlegte, ob es nicht einen besseren Plan gab. Er trug ja immer noch die Werkzeuge bei sich, die er zur Reparatur des Raumschiffes gebraucht hatte. Mit der freien Hand suchte er nach einem Schneideinstrument. Er hielt es vorsichtig mit seiner ungeschickten linken Hand und versuchte, den Draht durchzuschneiden.

Funken tanzten um das Werkzeug. Jeff spürte, wie es schmolz, und sah glühendes Metall herumspritzen. Sein Handschuh rutschte gegen den Draht. Er konnte ihn noch im letzten Augenblick wieder wegziehen, bevor er kleben blieb, wurde aber von neuen Stromschlägen getroffen, so als sollte das eine Strafe sein.

Jedesmal wenn seine Muskeln sich bei einem Stromschlag zusammenzogen, klatschte ihm das Lasergerät gegen das Bein. Das brachte ihn auf eine neue Idee. Wenn der kleine Apparat auch keine Waffe war, so hatte sein Licht doch Kraft. Es dauerte sehr lang, bis er wieder Kraft genug hatte, sich zu bewegen. Dann griff er nach dem Gerät. Er steckte es unter seinen im Draht festgehaltenen rechten Arm und drehte den Knopf von SPRACHE auf CODE, denn bei CODE stand der Apparat auf voller Leistung. Er drehte den Regler auf den stärksten Strahl. Dann nahm er das Gerät in die linke Hand und lenkte es sorgfältig auf den glänzenden Draht rechts von ihm. Mit dem Daumen drückte er den Code-Knopf. Der zuckende grüne Lichtblitz riß den Draht entzwei!

Der zerrissene Draht zog sich zusammen wie ein durchtrenntes Gummiband und zerrte ihn in eine Felsansammlung. Er war fast blind und steif vor Schmerzen, aber er verfolgte seinen Plan weiter. Er winkelte sein festgehaltenes Bein an, als er durch die Steine geschleudert wurde. Dann bewegte er seinen rechten Arm, um den peitschenden Draht zu erreichen. Er richtete den Laserstrahl noch einmal auf das Netz. Grünes Feuer sprühte umher.

Er war frei!

Er spürte den Geschmack seines eigenen Blutes im Mund, so fest hatte er sich auf die Lippen gebissen. Sein ganzer Körper war kalt, geschwächt und zittrig. Er mußte erstmal eine Zeitlang tief atmen. Als er sich wieder bewegen konnte, benützte er den Laser, um seinen Schuh und das Metall um sein Bein herum von Drahtresten zu befreien. Er versuchte auch, das Netz von der Innenfläche seines Stahlhandschuhs wegzubringen – aber er verbrannte sich dabei nur die Hand. Seine Rechte war immer noch bloß eine nutzlose Faust. Er hatte den Apparat wieder an seinem Gürtel festgehakt und sah nach dem durchtrennten Netz. Ein Ende des Drahtes war irgendwo in einem dunklen Felshaufen gelandet, aber das andere Ende fand er.

Es war ein leuchtender Faden, voller Metallteile, die wie aufgefädelte Perlen wirkten. Der Faden führte in die Felsen hinein. Er folgte ihm.

Er blieb in gebührendem Abstand davon und beobachtete die Steine, die das Netz berührten und entweder abprallten oder festgehalten wurden. Er sah abwechselnd nach vorn und zurück. Er wartete auf den Wächter des Netzes, von dem er annahm, daß er erscheinen würde, um nachzusehen, was passiert war.

Plötzlich bemerkte er weit vorne einen Knoten an dem Draht. Leuchtende Fäden gingen von da aus in alle vier Richtungen. Als er dicht genug herankam, sah er, daß das gefangene Etwas Bens Raumschiff war.

Den leuchtenden Rumpf hatten häßliche Einschläge verunstaltet. Ein paar davon waren geflickt, andere nicht. Der Draht hielt das Schiff wie in einer Spirale fest. Aber Jeff entdeckte kein Anzeichen von Leben.

Aber Ben mußte noch leben, denn sie hatten ja seine Stimme aufgefangen. Jeff steckte sich den Laser-Apparat unter den rechten Arm. Er drehte den Knopf zurück auf SPRACHE und stellte den Hebel auf NAH. Er richtete das Gerät auf das gefangene Schiff.

„Raumfahrer Ben Stone an alle . . ."

Der laute Ruf dröhnte bereits in Jeffs Helm, noch bevor er etwas sagen konnte.

„. . . mit Laserstrahlen beschossen." Das war zwar Bens Stime, aber die Nachricht kannte er schon: „– in den Felsen, die den Topas umgeben, und sind in einem Felsspringernetz gefangen . . ."

Bens angestrengte Stimme brach genau an der gleichen Stelle ab wie immer, doch Jeff hatte den schwachen Signalfunken gesehen. Er kam nicht aus dem gefangenen Schiff. Er kam aus den weitentfernten Felsen irgendwo am Netz. Aber wo?

War Ben gezwungen worden, das Schiff zu verlassen?

Jeff richtete seinen Apparat auf den verglimmenden Schein im Felsen. Er war schon drauf und dran, Ben zu sagen, daß er da war, doch dann packten ihn Zweifel.

Seine eigenen Rufe hatten schon zu oft tödliches Feuer zur Folge gehabt. Jetzt war er zu nahe daran, Ben zu retten, als daß er die Chance aufs Spiel setzen durfte.

Ein riesiger Felsbrocken segelte langsam an dem Netz vorbei, zu weit entfernt, um den Draht zu berühren. Er steuerte auf den Fels zu. Jeff glitt hinter ihm her und richtete das Gerät wieder auf die Stelle im Fels, an der er den Funkspruch gesehen hatte.

„Ben!" rief er in den Apparat. „Hier spricht Jeff . . ."

Das Flackern kam wieder, von ganz hinten in dem düsteren Blau. Es wuchs an und wurde entsetzlich hell. Er duckte sich gerade noch rechtzeitig hinter den Felsen. Blendendes rotes Feuer brach Stücke aus dem Fels. Jeff schwebte in seinem steifen Raumanzug hinter dem Gesteinsbrocken her und hielt das Gerät in seiner wunden Linken. Das helle Flackern hatte es ihm einen Augenblick lang ermöglicht, das Ding zu sehen, das ihn mit Bens Stimme rief und dann beschoß. Das war nicht Ben. Das war überhaupt kein menschliches Wesen. Jeff konnte es zwar nicht klar durch die dicke Wolke blauer Steine erkennen, aber er wußte, daß es ein Felsspringer war.

Der Wächter des Netzes

Es dauerte eine endlose Minute, bis Jeff sich wieder rühren konnte. Dann schwebte er auf die andere Seite des zerschmetterten Felsens und blickte nach vorn.

Zuerst sah er bloß zerborstene Felsstücke, die durch das dumpfe Blau wirbelten. Als er das gefangene Raumschiff im Netz wiederfand, lag es schon hinter ihm. Der Felsbrocken, an den er sich geklammert hielt, hatte ihn schon daran vorbeigetragen.

Vor ihm lag helles Licht auf dem Draht. Er verfolgte dieses Licht mit den Augen, und dann sah er das Zentrum des Netzes. Er schaute gebannt hinein. Hier kamen viele leuchtende Seile zusammen, alle mit großen scharfkantigen Klumpen von erbeutetem Metall gespickt. Da, wo sie aufeinander trafen, wurden sie in einer Art Ball zusammengefügt. Der Ball war von dunklen Erzstücken bedeckt; auch grauer Fels lag darauf, so daß man kaum etwas erkennen konnte. Er schien hohl. Jeff dachte, das müsse eine Art von Höhle sein. Der Wächter des Netzes, so glaubte er, wohnte darin.

Aber der Felsspringer war nicht da.

Jeff bemerkte ein neues schwaches Feuer draußen in den Felswolken, weit von diesem Ball entfernt. Wieder kam Bens rauhe Stimme in seinen Helm; sie wurde auf dem zitternden roten Lichtstrahl herangetragen.

„. . . in den Felsen, die den Topas umgeben, und sind in einem Felsspringernetz gefangen . . .“

Das war Bens Stimme, aber jetzt wußte Jeff, daß dieser Hilferuf bloß als Trick benutzt wurde. Er antwortete nicht. Statt dessen schwebte er dicht hinter dem fliegenden

Felsen her; die rechte Faust hatte er fest in einem Felsspalt verankert. So wartete er auf den Springer.

Ein wenig später sah er ihn. Er kam nach Hause und stieg an dem mit Metall bestückten Draht entlang dem Ball im Zentrum des Netzes entgegen. Er war ziemlich groß und lief schnell. So etwas hatte Jeff noch nie gesehen. Seine fünf Arme waren in der Nähe des Körpers dick und kräftig, wurden aber weiter nach außen dünn wie Peitschenenden, nämlich da, wo sie den Draht berührten. Die Arme waren strahlend silberfarben, aber der Körper war völlig schwarz – schwarz, rund, platt –, und er hatte keinen Kopf. Plötzlich ging ein stumpfer roter Lichtschein oben von seinem Körper aus. Bens gestohlene Stimme rollte wie Donner durch Jeffs Helm. „. . . Felsen, die den Topas umgeben, und sind . . ."

Jeff zog sich außer Sichtweite zurück, behielt den Springer aber im Auge. Das rote Funksignal verstummte. Das Wesen kletterte weiter dem dunklen Ball entgegen. Obwohl es sich sehr schnell fortbewegte, sah Jeff, daß es sich mit seltsamem Hinken vorwärtsarbeitete.

Vier der Arme peitschten mit ihren dünnen Enden den erzgespickten Draht, um sich weiterzuziehen, aber den fünften zog es wie eine tote Schlange hinter sich her. Jeff begriff, daß der Springer verletzt war.

Er kam bei dem Ball an und blieb dort vor einem dunklen flachen Fleck stehen, den Jeff für so etwas wie eine Tür hielt. Hinter dem Felsen versteckt beobachtete er alles und wartete auf seine Chance.

Falls der Springer weiterlief, um sein Netz zu flicken, das Jeff durchgeschnitten hatte, würde er genug Zeit haben, um zu Bens Schiff hinabzugelangen. Vielleicht hatte er auch genügend Zeit, um herauszufinden, was wirklich mit Ben und den anderen Raumfahrern passiert war. Mit etwas Glück, und vorausgesetzt, daß sein Energievorrat reichte, konnte er eventuell sogar das Schiff freischneiden.

Aber der Springer ging nicht weiter. Er sank plötzlich zusammen, und der fünfte Arm hing kraftlos herab. Einen Augenblick lang glaubte Jeff, er würde in die Höhle kriechen, vielleicht um seinen verletzten Arm zu behandeln.

Statt dessen sprang er auf Jeffs Felsen! Vielleicht hatte er Jeffs Kopf gesehen. Möglicherweise hatte er aber auch ausgerechnet, wo er sich befand, als er den Ruf beantwortet hatte. Jeff zögerte keinen Augenblick. Er suchte sich einen anderen Fels weiter hinten und raste mit der vollen Kraft seiner Düsen dorthin. Die scharfkantige Oberfläche des zweiten Felsens leuchtete rot auf. Er sah seinen eigenen schwarzen Schatten wie ein plattgedrücktes Tier darauf zukriechen. Es war das Licht des Springers, das den Schatten verursachte, und er schickte Bens dröhnenden Stimme hinterher. Jeff sah nicht zurück, sondern schloß die Augen und kreuzte die Arme über dem Gesichtsteil seines Helms. So erwartete er den Angriff des Springers.

Als er kam, übergoß er Jeff mit rotem Feuerschein.

Sein Gesicht brannte unter der Helmmaske und seine geschlossenen Augen schmerzten. Die Geschosse prallten wie Hagel gegen seinen Anzug und trafen mit voller Wucht den Treibstofftank und die Energiezellen, die Jeff auf dem Rücken trug. Er spürte, wie die Düsen spuckten und dann erstarben. Als das Prasseln aufhörte, war alles um ihn her verschwommen grün, aber er sah doch, daß er steuerlos dem Felsen über seinem Kopf entgegenwirbelte. Die Düsen waren kaputt.

Aber Jeff hatte noch Schlimmeres erwartet. Er hatte einen Schuß erwartet, der stark genug war, ihn zu töten. Er war glücklich, noch zu leben, und drehte sich so, daß er einen vorbeisegelnden Felsbrocken erreichen konnte. Er ergriff ihn mit der linken Hand und hielt sich fest. Er schnellte sich hinter dem Fels hervor.

Der Springer war gefährlich nah. Komisch, dachte Jeff, auf irgendeine Art wirkte er sogar schön. Seine schlängelnden Silberarme glänzten und bewegten sich graziös, und die Schuppen auf seinem Körper funkelten wie schwarze Diamanten. Ohne Düsenantrieb konnte Jeff nicht fliehen, er mußte also kämpfen. Die Friedenspolitik des Admirals war ihm jetzt völlig gleichgültig.

Er versuchte, nichts zu überstürzen und drehte bedächtig den Knopf seines Lasergerätes auf CODE zurück; dann schaltete er auf Höchstleistung. Er beugte sich vorsichtig hinter dem Fels vor und feuerte auf die Mitte des platten Körpers.

Das Gerät war nicht als Waffe gedacht, deshalb hatte er auch nicht erwartet, den Springer schwer zu verletzen, aber dann sah er dicke Rauchwolken überall da aufsteigen, wo die dünnen grünen Lichtstrahlen die glänzenden Schuppen getroffen hatten. Er sah, wie die Silberarme sich zusammenrollten, um den Körper zu schützen. Jeff wollte sich wieder hinter dem Fels verstecken, aber sein zusammengeklumpter rechter Handschuh rutschte ab, als er sich damit zurückschieben wollte. Der rote Blitz, den der Springer abfeuerte, traf die eine Hälfte seines Körpers mit voller Wucht.

Hitze breitete sich sengend im Innern seines Raumanzuges aus. Schnell steckte er sein Lasergerät wieder unter den rechten Arm. Mit der freien Linken griff er wild um sich und erreichte das Riff eines Felsens, hinter dem er sich versteckte.

Er hing so lange hinter diesem Gesteinsbrocken, bis der Schmerz abgeklungen war, und fragte sich, wieso ihn der Schuß eigentlich nicht getötet hatte. Er hielt es auch für wenig wahrscheinlich, daß seine Schüsse den Springer ernstlich verletzt haben könnten. Vielleicht war der Springer ohnehin am Ende seiner Kräfte. Sobald er sich wieder bewegen konnte, blickte er hoch und sah, daß der Felsspringer seinen Stein erreicht hatte. Um sich daran festzuhalten, umklammerte der Springer mit vier seiner silbernen Greifer die scharfen Felskanten. Eine der beweglichen Peitschen kam jetzt hinter dem Fels vor und züngelte Jeff entgegen.

Jeff feuerte mit dem grünen Strahl seines Senders.

Dunkler Qualm stieg von den glänzenden Spiralen auf. Der Springer zog sie ein.

Der schwarze Felsspringer mußte um den Fels hinter ihm herumgekrochen sein, während Jeff dessen Arme betäubt hatte. Jeff lehnte sich gegen den Felsen und versuchte, zurückzuschießen, aber er wurde von dem Feuer geblendet.

Als er wieder sehen konnte, lag der schwarze Körper auf einem flachen Felsvorsprung. Alle Glieder waren ab. Er hatte die Form eines runden schwarzen Kissens, ungefähr drei Meter Durchmesser, einen Meter hoch. Fünf große gelbe Augen waren darauf angeordnet, jeweils über dem Stumpf der fehlenden Arme. Die Arme des Springers schwammen wie Silberschlangen in einem eisigen Fluß durch die Felsen davon.

Jeff sah einen schwachen roten Schimmer in der Mitte des schwarzen Kissens. Das war der Laser. Er begriff jetzt, daß das kein Apparat war, sondern ein lebendiger Bestandteil des Felsspringers.

Der Springer drehte ich so, daß er auf Jeff zielen konnte. Jeff versuchte, dem roten Strahl auszuweichen, aber seine Düsen arbeiteten nicht mehr, und sein geschundener Körper versagte. Er konnte nur abwarten.

„. . . Luft und Energie verloren . . ."

Der rote Schimmer erlosch, bis Bens eingefangene Stimme nur noch als ersterbendes Flüstern in Jeffs Helm zu hören war. „. . . gefangen . . ."

Jeff begriff plötzlich, daß der Springer am Ende seiner Kräfte war. Die Chance, ihn zu töten, war endlich gekommen. Er konnte jetzt rächen, was der Springer Ben und Ty angetan hatte. Er zielte mit dem Laser auf das erstbeste gelbe Auge und drückte voller Wut ab.

Das weitgeöffnete Auge des Springers blinzelte etwas, aber sonst geschah nichts. Jeffs Sender hatte die ganze Wucht des letzten Laserschusses abgekriegt. Jetzt war er zerstört. Jeff ließ ihn fallen und blickte in das große gelbe Auge.

„Was nun?" murmelte er, obwohl er wußte, daß der Springer ihn nicht verstehen konnte. „Ich kenne die Spielregeln nicht so genau. Aber ich kann dich nicht verletzen und ich hoffe, du kannst mir auch nichts tun." Seine Atemluft roch verbraucht, und sein ramponierter Anzug schnürte seinen Körper ein. Er wußte beim besten Willen nicht, was er tun sollte. Seine Düsen funktionierten nicht mehr, also konnte er auch nicht mehr kämpfen. Das einzige, was er tun konnte, war, den Springer zu beobachten.

Der starrte zurück, aber er konnte sich ohne seine Silberarme nicht mehr bewegen. Und da auch seine Energiequellen erschöpft waren, konnte auch er seinen Gegner nicht mehr verletzen.

Jeff atmete seine verbrauchte Luft ein. Er wand sich in seinem unbequemen Metallanzug. Wie kam es nur, daß so seltsames Leben hier in dem Ring des Topas entstehen konnte?

Das Leben auf der Erde kam aus dem warmen, freundlichen Meer. Das Leben hier mußte völlig anders geartet sein, wo es nur Klumpen grausamer Felsen, aber keine Luft gab. Wahrscheinlich war es auf fremdartige Weise genauso wunderbar wie das der Lebewesen auf der Erde.

Er fragte sich, ob der Springer wirklich aus Metall bestand oder nur teilweise – so sah er jedenfalls aus. Ob wohl das Leben in diesen Felsen auf Metall basierte, so wie das Leben der Erde auf Wasser? Aßen die Wesen hier die Metallbröckchen, die sie im Netz fingen? Was war ihre Energiequelle? War wohl das tödliche Netz von ihrem eigenen Metallkörper gesponnen worden, wie eine Spinne ihr Netz webt?

Er fragte sich, wie der Springer wohl gebaut war, so daß er Teile abstoßen konnte, denn er wußte ganz genau, daß sein eigenes schwaches Feuer die Silberarme nicht abgeschossen haben konnte. Sie hatten sich lediglich gelockert und waren weggeglitten wie Einzelwesen. Wo sie gesessen hatten, sah man auch keine Wunden, nur glatte graue Stümpfe.

Er verstand nicht, warum das Wesen ihm allein entgegengetreten war. Er vermutete, daß es Verwandte hatte, vielleicht sogar viele Millionen. Ganz sicher war auch der Angriff auf sein Schiff von der Außenseite des Rings her von einem anderen Wesen begangen worden, denn dieses verletzte Etwas konnte kaum so weit gekommen sein.

Wo waren die anderen Felsspringer geblieben?

Er hätte auch gern gewußt, wer oder was diesen Springer hier verletzt hatte. Mit seinem eigenen Gerät hatte er ihn lediglich stechen können. Ob er wohl im Kampf um Bens Schiff verletzt worden war?

Während ihm all diese Dinge durch den Kopf gingen, vergaß er seine Furcht.

Mit seiner steifen rechten Faust stieß er sich vom Fels ab, um näher an den Springer heranzukommen. Er blickte in eins der gelben Augen und fragte sich, was wohl der Felsspringer über ihn dachte. Er sah, wie das große Auge zuckte und sich zitternd Schuppen darüberzogen, um es zu schließen. Der Springer hatte ja Angst!

Plötzlich wurde Jeff einiges klar. Die Angst vor den Menschen war der Grund dafür, daß die Springer so weit draußen auf dem Ring des Topas gewartet hatten, um das Raumschiff zu beschießen. Angst war auch der Grund dafür, daß sie sich versteckten, das Netz mit Bens Stimme als Köder schützten und auf jedes Signal feuerten.

Er nahm an, daß man diesen Springer zur Bewachung des Netzes zurückgelassen hatte, weil er verletzt war. Alle anderen waren geflohen. Aber jetzt lag er verletzt und verzweifelt da, ein paar Meter von dem Wesen entfernt, das er so sehr fürchtete. Jeff spürte fast so etwas wie Mitleid mit ihm.

Er wünschte sehr, einen Weg zu wissen, um mit ihm Frieden zu schließen. Vielleicht, wenn Summer und Lupe hier wären ... Aber noch war es viel zu früh für Friedensgespräche. Jeff wußte, daß die Zeit drängte. Er ertappte sich selbst beim Gähnen. Er sah schon den grauen Film, den die Feuchtigkeit auf der Innenseite des Sichtfensters in seinem Helm hinterließ. Langsam aber sicher würde er nicht mehr hindurchschauen können.

Er erinnerte sich dunkel daran, daß das Lebenserhaltungssystem seines Anzuges im Kampf beschädigt worden war.

Irgendwie war es ihm gleichgültig. Am liebsten hätte er den Helm heruntergerissen, um Atem zu schöpfen, aber er wußte, daß es um ihn her keine Luft gab. Lange Zeit vermochte er nur zu denken, daß er Luft brauchte.

Ein schwaches rotes Flackern erinnerte ihn an die Gegenwart. Er blickte angestrengt durch den Nebel auf seinem Sichtfenster. Er erkannte das schwarze schuppige Kissen, die gelben Augen und den blinkenden Laser.

Aber die großen Augen waren nicht auf ihn gerichtet. Sie starrten wie gebannt in die Felswolken. Als Jeff dem roten Laserstrahl nachblickte, sah er plötzlich einen riesigen Felsbrocken. Er raste direkt auf ihn zu!

Sein alter Sinn für Masse, Kraft und Bewegung arbeitete jetzt nur langsam, aber endlich verstand er, warum der Laser des Springers wie wild sendete. Er sagte ihm nämlich genau, wo der Fels mit dem Stein zusammenstoßen würde, auf dem sie sich befanden. Nicht er selbst war in Gefahr, sondern der Springer.

Er würde genau zwischen den zwei Felsen eingequetscht werden und konnte nicht weg. Er versuchte, den Fels mit seinem Laser zu zerstören, aber seine Energie war verbraucht. Jeff rechnete aus, daß ihm noch genau zwölf Sekunden blieben.

Jeff wußte, daß er weiter wegrücken mußte, bevor der Fels aufprallte. Er griff mit seiner unverletzten rechten Hand nach einer Felskante und schob sich hoch. Aber irgend etwas bremste ihn. Er hing da und starrte durch seine vernebelte Sichtscheibe auf den hilflosen, sich windenden Springer. Jeff wußte, er konnte ihn nicht sterben lassen.

Langsam schob er sich auf ihn zu. Die leuchtenden schwarzen Schuppen zogen sich zitternd von seinem Handschuh zurück. Das helle Auge neben ihm verschwand in einem Schlitz. Der dunkle Laser wandte sich ihm zu und verglühte wie eine Kohle.

„. . . gefangen . . .“ Bens Geisterstimme erstarb in seinem Helm. „. . . netz . . .“

Der Springer fürchtete ihn mehr als den heransausenden Fels. Er haßte Jeff. Das ersterbende Flüstern erinnerte Jeff daran, daß der Springer Bens Schiff in die Falle gelockt hatte und wahrscheinlich auch Ben und seine Leute getötet hatte. Dennoch konnte er nicht einfach zusehen, wie er zermalmt wurde.

Er faßte ihn unter einem der dicken grauen Stümpfe mit der linken Hand und der beschädigten Rechten. Er nahm noch einen tiefen Zug seiner verbrauchten Atemluft und zog mit aller Kraft. Das dicke Kissen bewegte sich halb rutschend und halb rollend ein wenig über den Fels. Obwohl es fast nichts wog, war sein Gewicht hier an den Felsen fast zu schwer für Jeff. Er zog und zog und hatte kaum eine Ahnung, wann es ausreichen würde.

Undeutlich merkte er gerade noch, wie seine Faust unter dem flachen Stumpf wegrutschte und die Sohlen seiner Stiefel über den Fels schrammten. Er wußte, daß er jetzt an der Stelle lag, bei der der Fels auftreffen würde. Er versuchte, den Springer und den Gesteinsbrocken auszumachen, aber sein Sichtfenster war jetzt voll von grauem Beschlag. Er wollte tief atmen, aber seine Atemluft war fast ganz verbraucht. Er machte verzweifelte Versuche, sich weiterzuschieben, einen Meter, einen halben oder wenigstens ein paar Zentimeter, aber er war am Ende seiner Kräfte.

Was dann geschah, erlebte er nur als verschwommenen Traum. Er konnte nicht sehen, was vor sich ging, und er war so schwach, daß es ihm schon ganz gleichgültig war. Aber er vermutete, daß einer der Silberarme zu dem Springer zurückgekehrt war. Er glaubte zu spüren, daß eine der schnellen Peitschen sich um seinen Körper schlang und ihn vor dem tödlichen Zusammenprall mit dem Fels bewahrte.

„Der erste Mensch auf dem Topas"

In seinem Traum kämpfte Jeff um Bens Rettung. Er tauchte in seinem Raumanzug in den Ring um Topas. Er flog durch Felsen hindurch und suchte zwischen den Wolken nach ihm. Endlich kam er zu dem verlorenen Raumschiff, das im Netz der Felsspringer gefangen saß. Heiße blaue Funken stachen ihn, als er dem Netz zu nahe kam.

Aber er schaffte es, das Schiff mit dem Laser freizuschneiden. Er riß die Drähte von dem Schiff weg, öffnete die Luke und wollte nach Ben sehen.

Aber was er fand, war nur ein gelbes Auge, größer als sein eigener Kopf und von glänzenden Schuppen umgeben. Der Felsspringer lauerte auf ihn. Ein kalter Silberarm peitschte hervor und legte sich wie eine Schlange um seinen Hals. Er würgte ihn, so daß er keine Luft mehr bekam. „Hallo, Jeff!" Von irgendwoher klang Tys ruhige, laute Stimme. „Kann ich dir helfen?"

Er öffnete die Augen. Das war gar kein Traum. Das war Wirklichkeit. Irgend etwas lag über seinem Gesicht. Er versuchte sich zu bewegen, aber sein Körper war steif und kalt. Sein Kopf wurde von einem bohrenden Schmerz gepeinigt.

„Ty?" Seine Stimme war bloß ein heiseres Krächzen. „Ty?"

Er hatte seinen Raumanzug nicht mehr an. Er wußte auch nicht, wo er war. Aber er zitterte vor Kälte und rang nach Luft.

„Ruhig Blut, Jeff." Tys beruhigende Stimme war jetzt ganz nah. „Es wird schon wieder werden."

Er versuchte, sich aufzurichten, aber er war mit einem dicken Verband umwickelt. Etwas Kaltes, Hartes drückte auf sein Herz und irgend etwas stach in seine Arme, sobald er sie bewegen wollte. Ein scharfer, süßlicher Geruch brannte bei jedem Atemzug in seiner Kehle.

„Ganz ruhig, Jeff", sagte Tys vertraute Stimme. „Du sollst noch gar nicht wach werden."

Aber er kämpfte weiter, bis er fühlte, daß das Etwas von seinem Kopf weggenommen wurde. Er blickte durch den schmalen Schlitz seiner Bandagen und sah undeutlich Tys Gesicht über sich. Ty trug eine dunkle Brille.

„Ich habe geglaubt ..." Er mußte erst einmal Luft holen; es schmerzte fürchterlich in seinen Lungen. „Ich habe geglaubt, die Springer hätten mich umgebracht."

„Wir waren beide im Tiefschlaf", sagte Ty. „Ich habe dich um anderthalb Tage geschlagen. Was man tun muß, um einen wieder aufzuwecken, ist kein Zuckerlecken, aber Summer sagt, du kommst wieder auf die Beine."

Jeff schüttelte seinen schmerzenden Kopf, um einen klaren Gedanken fassen zu können. Er lugte hinter seinem Verband hervor und erkannte die metallene Kulisse seines Raumschiffs. Aber er war viel zu müde, um über irgend etwas erstaunt zu sein, und blickte Ty nur an.

„Deine Augen?" fragte er.

„Die sind noch ein bißchen schwach", antwortete Ty. „Aber ich kann sehen."

„Ich ... freue mich!" Er holte wieder Luft. „Wie ... Wie bin ich ... hierhergekommen?"

„Summer sagt, die Springer hätten dir geholfen."

„Wieso ausgerechnet die?" Er blinzelte durch den Schlitz. „Sie waren doch nicht gerade freundlich, als sie Bens Schiff in die Falle gelockt haben und Bens Stimme als Köder benutzten, um uns zu überlisten."

„Sprich mal mit Lupe", sagte Ty. „Sie weiß mehr."

Ty verschwand. Solange Jeff allein war, schloß er seine schmerzenden Augen, um sie zu schonen. Als er sie wieder öffnete, beugte sich Lupe über ihn.

„Mach dir keine Sorgen, Jeff." Es tat ihm gut, wie sie ihre kühle Hand auf seine heiße Stirn legte. „Du versuchst bloß, zu schnell aufzuwachen."

„Erzähl mir von den Springern", verlangte er.

„Sie hatten Angst", sagte sie. „Weißt du, alle Springer gehören zu einem großen Wesen – einer sonderbaren riesigen Kreatur, die noch seltsamer ist als Summers Vielfachwesen. Jeder Springer besitzt Teile, die allein leben oder miteinander arbeiten können, ganz nach Wahl. Aber alle Springer haben an einer gemeinsamen Intelligenz teil, so wie Summer und all seine Schwester-Brüder. Ihr Geist ist der einzige auf allen Ringen um den Topas. Sie haben noch nie einen anderen Verstand kennengelernt. Darum fürchteten sie sich so sehr."

Jeff versuchte zu verstehen.

„Als wir auf den Ring zutrieben, ist Summer wieder in seinen Kokon gekrochen", sagte sie. „Er spürte den Geist der Felsspringer und versuchte mit allen Kräften, Kontakt aufzunehmen. Aber der Geist der Springer blieb ihm verschlossen, weil er sich fürchtete. Aber als du dein Leben aufs Spiel setztest, um den Springer zu retten, begriff ihr Geist, daß wir Freunde sein konnten. Er öffnete sich für Summer."

„Soll das heißen, die Springer sind jetzt unsere Freunde?"

„Sie sind zumindest Summers Freunde." Sie beugte sich näher zu ihm. „Sein Geist hat eine Menge mit ihrem gemeinsam. Summer hat mir alles genau erzählt."

„Wie sind die Springer eigentlich?" Er brach ab und erinnerte sich an das seltsame Gebaren der Springer. „Wovon leben sie zwischen den nackten Felsen? Sie haben doch nicht einmal Planeten!"

„Summer sagte, sie sind ebenso sonderbar und wundervoll wie die menschlichen Wesen." Ein kleines Lächeln huschte über ihr Gesicht. „Er sagt, die Funktion ihrer Körper basiert auf Metall, so wie die unserer auf Wasser basiert."

„Also essen sie wirklich Gestein?"

Summer sagt, sie essen bestimmte Erze und trinken heißes Metall. Sie brauchen nicht zu atmen und ihr Körper produziert elektrische und magnetische Kräfte sowie Laserstrahlen. Sie fliegen mit natürlichen Düsen."

„Sonderbare Wesen!"

„Summer sagt, wir wirken sonderbar auf sie. Die Luft, die wir atmen, würde sie verglühen lassen."

„Wahrscheinlich sind wir auch seltsam."

Jeff bewegte sich ein wenig in seinem engen Kokon. „Aber wie leben sie? Haben sie Maschinen, Schiffe, Städte?"

„Summer sagt, solche Sachen brauchen sie gar nicht. Der große gemeinsame Geist hält sie alle in Verbindung, so daß sie es nicht nötig haben, sich in Städten zusammenzudrängen."

„Aber was arbeiten sie?"

„Sie leben einfach", sagte Lupe. „Sie weben ihre Wohnungen aus Metallbändern und legen ihre Netze aus, um etwas zum Essen zu fangen. Sie haben ihre Familien und ziehen die neugeborenen Springer auf. Summer sagt, ihre Familiennetze sind überall da ausgelegt, wo sie die seltsamen Erze fangen können, die sie als Nahrung benötigen."

„Und das ist alles?" Irgendwie war Jeff enttäuscht. „Für Lebewesen wie die Springer kommt mir das reichlich langweilig vor."

Lupe schüttelte den Kopf.

„Sie denken", sagte sie. „Sie fühlen. Ihre Felsen sind

voller Schätze und Gefahren. Sie müssen den ganzen Ring nach den eßbaren Erzen absuchen und sie müssen sich vor schrecklichen Wesen verstecken, die ihnen auflauern."

Jeff lag in seinem straffen Kokon und versuchte, sich das alles vorzustellen.

„Summer hat auch erzählt, daß sie manchmal ihre Felsen verlassen und in den offenen Weltraum hinausfliegen. Dann schweben sie zum Topas hinab und nehmen die Energie seiner Strahlen in sich auf, so wie es unsere grünen Pflanzen tun. Das reine helle Licht macht sie glücklich. Sie fliegen dahin wie im Tanz und singen Lieder aus stummen Gedanken."

Jeff sah Lupe an und gab sich alle Mühe, das zu verstehen. „Vielleicht sind sie wirklich nicht langweilig", sagte er. „Vor allem bin ich aber froh, daß sie unsere Freunde sind."

„Sie möchten es gerne sein", antwortete sie. „Sie haben dir das Leben gerettet, indem sie dir das Tiefschlafmittel spritzten und dich in Sicherheit brachten. Sie haben sogar nach Summers Anweisungen Ersatzteile für die Verstärker gebaut, also können wir mit unserm Schiff wieder fliegen. Sie wollen uns helfen, wieder heimzukommen."

„Warum?" fragte er.

„Weil sie jetzt wissen, daß wir ihnen auch helfen, wenn sie uns helfen. Summer sagt, sie hätten sich immer vor den Lebewesen anderer Sterne gefürchtet. Jetzt wollen sie mit uns zusammenarbeiten."

„Das ist ja großartig", sagte er. „Aber wann kann ich aufstehen?"

„Noch nicht“, sagte Lupe. „Du mußt noch zwei weitere Tiefschlafspritzen kriegen, bevor du aufstehen darfst.“

Er war viel zu schwach, um zu protestieren, als er die Nadel in ihrer Hand sah. Als er wieder aufwachte, ging es ihm viel besser. Die unbequemen Bandagen hatte man ihm abgenommen, so daß er sich wieder bewegen konnte. Lupe half ihm, sich aufzurichten. Einen Augenblick lang saß er bloß da und befühlte die blauen Narben an seinem linken Arm, an denen Röhrchen angesetzt gewesen waren. Alles heilte ganz sauber ab.

„Ty und Summer sind oben im Cockpit“, erzählte ihm Lupe. „Wir fliegen jetzt außerhalb des Rings und sind gar nicht weit von Bens Schiff weg. Summer unterhält sich gerade mit dem Geist der Springer.“

„Was ist mit Ben?“ Jeff sah Lupe forschend an. Er fürchtete sich etwas vor ihrer Antwort. „Lebt er noch?“

Sie schüttelte den Kopf. „Ich weiß es nicht. Summer leider auch nicht.“

„Warum haben die Springer ihn angegriffen, wenn sie jetzt friedlich sein wollen?“

„Sie haben geglaubt, sein Laser sei eine Waffe“, sagte Lupe. „Weißt du, über ihre eigenen Laser sprechen sie nicht. Sie haben ja auch eine bessere Verbindung über ihren gemeinsamen Verstand. Sie gebrauchen ihre Laser nur als Werkzeuge – zum Felszertrümmern oder Erzschmelzen. Als Ben anfing, Signale zu senden, glaubten sie, er wollte sie vernichten.“

„Was haben sie ihm getan?“

„Sie haben gekämpft, um ihn aus dem Ring herauszuhalten“, berichtete Lupe. „Ben hat zurückgeschossen. Als er nahe genug war, hat er seinen Laser als Waffe benutzt.

Er hat den Springer, den du gesehen hast, verletzt, bevor sein Schiff im Netz gefangen wurde."

„Aber das war doch alles, bevor wir mit ihnen Frieden geschlossen haben", sagte Jeff. „Wollen sie ihm denn jetzt nicht helfen?"

„Ty und Summer haben versucht, sie dazu zu bringen. Aber sie haben mit Ben keinen Frieden geschlossen und fürchten sich noch immer vor ihm. Sie wagen sich nicht an das festsitzende Schiff heran."

„Dann müssen wir zu Ben", sagte Jeff. „Deswegen sind wir ja schließlich zum Topas geflogen."

„Wir sind bereit", sagte Lupe. „Es kann losgehen, sobald du dich stark genug fühlst. Ty hat deinen Raumanzug mit den Ersatzteilen repariert, die die Springer für ihn angefertigt haben. Summer sagt, die Felsspringer wollen uns hinführen."

„Mir geht's gut", sagte Jeff. „Laß uns gehen."

Voller Tatendrang kletterte er vor ihr her ins Cockpit. Erst fühlte er sich noch etwas wackelig auf den Beinen, aber er wollte nicht länger warten. Sie fanden Ty schlafend in seinem Sitz. Er trug noch immer die dunkle Brille.

„Er ist noch nicht ganz gesund", flüsterte Lupe. „Aber es geht ihm besser."

Summer saß auf dem Pilotensitz. Er sah ja eigentlich ein bißchen verloren darin aus, weil er so klein war, aber sein kurzes Fell strahlte golden vor Zufriedenheit. Er nuckelte an einer dicken, gelben Tube.

„Getriebefett", erklärte Lupe. „Er liebt es geradezu."

Summer wischte sich über die Lippen und leckte sorgfältig seine Hand ab. Er blinzelte Jeff mit seinen grünen Augen an und pfiff ihm entgegen.

„Er und Ty haben alles vorbereitet", sagte Lupe. „Die Springer warten schon darauf, uns zu führen."

„Also gehen wir", sagte Jeff.

Summer schnurrte und machte sich ganz lang, um mit seinen kleinen dünnen Ärmchen das Kontrollbrett zu erreichen. Das Schiff nahm Richtung auf den strahlenden Ring. Summer zwitscherte die ganze Zeit, während sie flogen.

„Er unterhält sich mit dem Geist der Felsspringer", sagte Lupe. „Er erzählt ihnen über den X-Raumflug. Sie haben die Teile der zwei X-Raumstationen gefunden, die sie zerstört haben. Summer erklärt ihnen gerade, wie sie die verbleibenden Teile zusammenfügen müssen, um eine neue Station für den Topas zu bauen. Er sagt, daß die Springer bereit sind, den X-Raum für uns zu öffnen. Sie haben viele Metalle, mit denen sie handeln können, und wir haben auch eine Menge Dinge, die wir ihnen anbieten können."

„Wollen die Springer dann auf die Erde kommen?"

Jeff mußte an den Taxiflieger auf der Erde denken, der Summer nicht ausstehen konnte. Wenn die Springer kämen, würden die Erdbewohner lernen müssen, mit noch seltsameren Lebewesen auszukommen als Summer es war.

Selbst für ihn hatten die Springer noch etwas Beängstigendes. Er konnte sich eines komischen Gefühls nicht erwehren, als einer von ihnen auf das Schiff zusteuerte. Aber er wußte, daß er gekommen war, um sie zu Ben zu führen, und er begann das prickelnde Gefühl auszukosten, jetzt etwas über das so anders geartete Leben zu erfahren. Der Springer wurde von einem anderen Teil begleitet, der ihn durch den offenen Weltraum schob. Dieser Extrateil war eine dunkle Spitze, die unter den flachen Körper mit den langen Silberarmen paßte. Der obere Teil dieser Spitze wies verschiedene Blautöne auf, die man sehen konnte, wenn der Springer sich bewegte. Jeff glaubte, diese Spitze müsse so etwas sein wie ein lebendiger Düsenmotor.

Als sie dem Springer in den Ring folgten, wirbelten zerborstene Steine um sie herum. Tief unten in der blauen Wolke kamen sie zu der Stelle, an der Bens Schiff von dem erzgespickten Netz gefangengehalten wurde. Jeff zwängte sich in seinen Raumanzug und flog hinab.

Die Ausstiegsluken waren von den blinkenden Drähten des Netzes blockiert. Aber Jeff fand ein Loch, das groß genug für ihn war. Ein Laserschuß hatte es in den Rumpf des Schiffes geschlagen. In der Kabine war keine Luft mehr und es war eisig kalt.

Im grünen Schein seines Lasers machte er Jim Ozaki und Tony Mescalero aus, die nebeneinander gegen die Kabinenwand gelehnt lagen. Ihre Körper waren steif. Er glaubte schon, sie seien tot, bis sein Auge auf den schwachen roten Schimmer der Zeitmesser an ihren Handgelenken fiel. Er beugte sich hinab, um die Zeitmesser ablesen zu können. Die roten Buchstaben sagten folgendes: MENSCH IM TIEFSCHLAF. MUSS VOR ZEITABLAUF GEWECKT WERDEN. Beide Zeitmesser waren auf tausend Stunden eingestellt und zeigten an, daß davon neunhundertsiebenundneunzig Stunden verstrichen waren. Jeff hoffte, daß er nicht zu spät gekommen war. Er rannte weiter, um Ben zu suchen, und fand Whiz Miller im Heck des Schiffes, in dem ein anderer Schuß die

Hauptkabel zerfetzt hatte. Sein Zeitmesser war genauso eingestellt wie die anderen.

Jeff suchte weiter nach Ben und stieg ins Cockpit. Im grünen Schimmer des Lichts sah er Bens Gesicht. Seine blauen Augen waren weit geöffnet, aber er sah eiskalt aus.

Er fand die abgebrochene Nadel, die durch den Ärmel des Raumanzuges in Bens abgestorbenem Arm stak. Der Zeitmesser befand sich nicht an seinem Handgelenk, sondern lag irgendwo auf dem Instrumentenbrett. Er war auch auf tausend Stunden eingestellt und zeigte an, daß Ben noch dreizehn Stunden blieben.

Dieser kleine rote Zeitmesser erklärte Jeff alles. Ben hatte noch zehn Stunden weitergekämpft, nachdem seine Leute schon im Tiefschlaf lagen. Er hatte durchgehalten, bis sein Laser versagte.

Jeff rief sein Schiff.

„Ben und seine Leute befinden sich im Tiefschlaf. Sie brauchen Hilfe – sofort!"

„Warte", hörte er Ty sagen. „Summer behauptet, die Springer wollen dir helfen, deinen Bruder und die anderen Raumfahrer herzubringen."

Die Felsspringer brauchten kein Signal, denn Summer hatte jetzt Verbindung zu ihrem übergeordneten Geist. Sie kamen aus den Felsen, die um das Netz herumlagen. Ihre platten schwarzen Körper und die gelben Augen weckten in Jeff immer noch ein unbehagliches Gefühl, aber mit ihren flinken Silberarmen hoben sie die schlafenden Astronauten mit bemerkenswerter Kraft und Sorgfalt empor. Nachher im Schiff zogen Jeff und Ty die Männer aus; sie behandelten sie vorsichtig und trugen dabei dicke Handschuhe. Sie waren so kalt wie flüssige Luft. In der warmen Kabine bildeten sich kleine Frostteilchen um sie herum.

Summer untersuchte jeden von ihnen, seine großen grünen Augen blickten ernst drein. Er beschäftigte sich lange mit Ben und war ständig in stummem Kontakt mit dem Geist seines Vielfachwesens.

„Er sagt, es ist allerhöchste Zeit", sagte Lupe an Summers Stelle. „Er meint, wir müssen sie sehr sorgfältig in Bandagenpackungen wärmen, bevor wir irgend etwas anderes tun können. Er weiß noch nicht, was die extreme Kälte bewirkt hat."

Ihre steifen Körper paßten nicht auf die Sitze. Jeff und Ty schnallten sie in Hängematten fest, die sie quer durch die Kabine gezogen hatten. Jeff half Lupe, sie in die dicken Bandagen zu packen, und er sah zu, wie Summer die Herzschrittmacher anbrachte. „Das ist alles, was wir für sie tun können, bis sie aufgetaut sind", sagte Lupe. „Erst dann können wir mit dem Spritzen anfangen und das Gerät anschließen, das die Tiefschlafdroge aus ihrem Blut wäscht. Sobald sie anfangen zu atmen, beginnen wir mit der Sauerstoffzufuhr."

„Wann werden wir wissen, ob sie noch leben?"

„Das wird Stunden dauern." Sie sah ihn prüfend an. „Du bist müde, Jeff. Du hast die Strapazen deines eigenen Tiefschlafes noch nicht überwunden. Ruh dich etwas aus."

Er sträubte sich zwar, aber als Ty ins Cockpit zurückgegangen war und Lupe bei den schlafenden Männern wachte, blieb ihm nichts mehr zu tun. Er lehnte sich in einen leeren Stoßsitz zurück, um sich einen Augenblick lang auszuruhen. Das nächste, was er mit Bewußtsein erlebte, war, daß Ty ihn schüttelte.

„Wach auf, Jeff. Du hast zwölf Stunden lang geschlafen."

Er schreckte hoch und sah sich in der Kabine um. Die Hängematten waren verschwunden, aber er sah einen Mann, der dick verpackt in einem Sitz in seiner Nähe lag. Er war noch an die schwarzen Röhrchen angeschlossen.

„Das ist dein Bruder", sagte Ty. „Die anderen sind schon seit Stunden wach. Tony Mescalero löst mich im Cockpit ab. Jim und Whiz sind zum anderen Schiff zurückgeflogen. Die Springer helfen ihnen, es wieder flott zu machen. Sie wollen damit zum Mond zurückfliegen."

„Wunderbar", sagte Jeff mechanisch. Er verließ seinen Platz und beugte sich über den schlafenden Mann.

„Wie geht es Ben?"

„Das wissen wir immer noch nicht", sagte Ty.

„Summer sagt, die Tiefschlafspritze ist in seinem Arm abgebrochen. Er hat nicht ganz die volle Dosis bekommen. Es kann sein, daß sein Körper Schaden genommen hat. Wir wissen es aber noch nicht genau."

Jeff sah solange hin, bis er nicht mehr stillsitzen konnte. Er kletterte ins Cockpit; dort traf er Tony Mescalero am Mikrofon an. Tony grinste freundlich, schüttelte ihm die Hand und stellte die Verbindung mit dem anderen Schiff her.

Jim Ozaki und Whiz Miller hatten mit Hilfe der Felsspringer die Reparaturen beendet und waren dabei, das Schiff aus den Felsen zu holen. Sie baten Tony, hinüberzukommen. Jeff übernahm die Kontrolle und flog ihnen entgegen. Während er langsam zwischen dem toten schwarzen Himmel und dem Ring des Topas entlangglitt, wartete er auf Nachricht über Bens Zustand.

Als die zwei Raumschiffe sich begegneten, gab es noch keine neuen Nachrichten. Tony stieg in seinem Raumanzug aus und flog zu dem anderen Schiff hinüber. Fünf Felsspringer halfen den beiden Schiffen, sich vom Ring zu entfernen, indem sie ihnen einen sicheren Weg durch die Staubwolken bahnten. Sie tanzten vorneweg, manchmal schwebend und dann wieder vorschnellend. Schließlich flogen sie zu ihrer Steinwelt zurück.

Jeff saß unruhig in seinem Sitz und wartete auf Nachricht. Er fragte sich, wieso er eigentlich nie glücklich gewesen war, wenn Ben irgendwo als Bester abschnitt. Wie konnte er nur eifersüchtig auf seinen Bruder sein?

Er hörte, wie Lupe die Treppe heraufkam.

Seine Stimme zitterte vor Erregung. „Wie geht es Ben?"

„Wir wissen noch nichts", sagte sie. „Aber Summer hat für dich eine Nachricht von Admiral Serov."

Mit verändertem Tonfall gab sie die Nachricht wieder.

„An den Raumfahrer Jefferson Stone. Ich spreche Ihnen und Ihrem Team meine Anerkennung aus. Ich hoffe, daß das Befinden Ihres Bruders sich bald bessert. Wir halten Ihre Eltern auf dem laufenden. Wir sind alle glücklich über den Erfolg Ihrer Mission und freuen uns, die Felsspringer in unserer großen Völkerfamilie willkommen heißen zu dürfen."

Sie fragte ihn, ob er antworten wolle, aber er sagte, er werde lieber warten, bis er Genaueres über Ben wisse. Kurz darauf kam sie, um ihm zu sagen, daß es Ben gut ging.

„Er ist wach", berichtete sie. „Du kannst jetzt zu ihm."

„Hallo, Junge!" Ben drückte Jeffs Hand mit alter Kraft. Er war zwar noch blaß, aber seine blauen Augen strahlten in gewohntem Glanz. „Ich hätte nicht gedacht, dich hier zu sehen." Sie sprachen über den Flug von der Erde und den Kampf mit den Springern. Ben fragte nach ihren Eltern.

„Du kennst doch Mutter", sagte Jeff.

„Als ich mich für den Topasflug verpflichtete", erzählte Ben, „habe ich mir um Mom und Dad überhaupt keine Gedanken gemacht. Auch nicht darüber, daß ich für die Wissenschaft aufschlußreiche Tatsachen entdecken oder der Menschheit neue Welten erschließen könnte. Das einzige, was ich wirklich wollte, war, der erste Mensch auf dem Topas zu sein."

„Und ich mußte hinterher", bekannte Jeff, „denn ich wollte mit dir gleichziehen."

„Ich bin froh darüber." Ben grinste. Er schlug Jeff auf die Schulter; doch einen Augenblick später war sein Gesicht wieder ernst. „Weißt du, Junge, im Grunde war der ganze Kampf mit den Springern meine Schuld."

„Summer sagt, sie haben nicht verstanden, was du wolltest . . ."

„Aber ich habe nicht einmal versucht, sie zu verstehen", sagte Ben. „Weißt du, sie haben mich ja zuerst gar nicht angegriffen. Sie haben bloß Laserstöße über mich weggeschickt, um mich zu warnen und um zu versuchen, mich vom Ring fernzuhalten. Aber ich bin trotzdem hingeflogen."

„Schau mal!" Jeff starrte in das staubige Dunkel hinein. „Da vorne!" Dort im Dunkel, in Richtung auf die

Sonne und ihren kleinen Planeten Erde, ging ein orangefarbenes Licht an und aus. Ihm folgte ein grünes . . .

„Das ist der neue Leuchtturm", flüsterte Jeff. „Die Springer haben ihn draußen an der neuen Station wieder in Ordnung gebracht. Der Weg zur Erde steht uns offen."

Ty kam herauf, um die Kontrolle zu übernehmen. Summer hopste vor ihm her, schnurrte glücklich und nuckelte an einer Tube Getriebefett. Jeff und Ben baten ihn, ihren Eltern über seine Bruder-Schwestern auf dem Mond mitzuteilen, daß sie wohlauf seien. Summer zwitscherte und nickte.

Jeff und Ben gingen hinunter. Als sie wiederkamen, flog Lupe das Raumschiff. Sie sagte, Summer sei in seinem Kokon und Ty sei hinübergeflogen, um das andere Schiff zu steuern. Als Lupe aufstand, wartete Jeff darauf, daß Ben sich in den Pilotensitz setzte.

„Fliege du, Jeff", sagte Ben. „Du bist von weit her gekommen. Ich glaube, jetzt ist es deine Sache. Flieg uns zurück zum Leuchtfeuer."

Jeff grinste und nahm im Pilotensitz Platz. Nach einem letzten Blick auf den Ring des Topas gab er Ty im nachfolgenden Schiff ein Zeichen. Dann steuerte er dem blinkenden Leuchtfeuer entgegen.